Contents

酔っ払い令嬢が英雄と知らず求婚した結果2

最強の神獣騎士から溺愛が止まりません!?

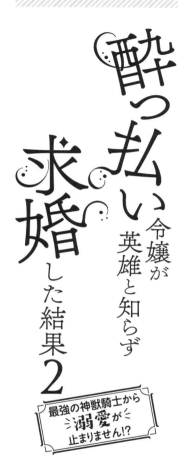

第六章
心理戦の幕開け

王宮の一室では、結界石に魔物寄せの魔法式が上書きされるという、東の地方遠征で起きた事件について話し合われていた。

緊急で派遣された王宮魔法使いのお陰で最悪の事態は免れることはできたが、事件は解決したとは言い難いからだ。

結界石は、魔物の脅威《きょうい》から国民を守る重要な存在。それに問題が生じたことは軽視できない。

会議には魔法局の上層部に加え、トレスティ王国の現国王も参加していた。

国王は即位して十五年、今年五十歳を迎える。王族の直系に多い金色の髪と青い目を持ち、温和な印象を与える容姿をしている。だからといって、威厳《いげん》が足りないというわけではない。

五年前、隣国から侵略されるという隙を作ってしまったが、最終的に戦争で勝利を収めることができた。そのため会議での発言力は今も強く、国民からの評判も安定している。

そんな国王は報告書に目を通しながら、臣下の会話に静かに耳を傾《かたむ》けていた。

「結界の魔法式は、干渉が難しい『完璧な式』です。結界石の更新の際も解除専門の魔法使いを用意するレベルの魔法。魔物寄せの魔法式を上書きできることから、素人とは考えられません」

「最低限、直接付与法ができる魔法使いですね。しかし、なぜ中途半端に魔物寄せの式を上書きしたのでしょうか。街の人的被害を狙うのだとしたら、結界石ごと破壊したり、結界の式を強制解除すればいいというのに」

「犯人の目的が読めません。ただ、東の地方は移動に時間がかかります。遠征期間に王都内にいる王宮魔法使いでは不可能。彼らが犯人から除外されるという点では幸運でしたな」

魔法局員の言葉に、国王は深く頷いた。

王宮魔法使いは、神獣騎士の次に国民から人気のある職種。国民を守る憧れの存在だ。魔法局内の魔法使いに実行犯がいたとしたら、国王の名誉にまで傷がつき、国民からの信用が下がるところだった。

引退した魔法使いのアリバイは現在調べているところだが、厳密《げんみつ》に言えばもう王宮所属ではない。

国王預かりの身分ではないため、犯人だった場合は容赦なく罰すればいい。

ただ、高位貴族出身でないことを静かに祈るだけだ。高位貴族は、王家との繋がりが少なからずある。できれば縁のない人物が望ましい。

と言っても王家の味方に取り込むため、すでに高位貴族に重要ポストを与えている。その旨味《うまみ》を捨ててまで、恩を仇で返すようなことはしないという自信があった。

そう思いながら、国王は改めて報告書に目を通す。

今回は魔法式の解除ができる若い王宮魔法使いがいたお陰で、現場は最悪の事態を免れたと書かれている。

有能な臣下がいることに、国王は気分を良くした。こういう人材は重用し、その者の忠誠を手に入れ、そばに置いておきたいのが今の国王だ。

褒美でも与えようと名前と経歴を確認し、片眉を上げた。

(ヴィエラ・ユーベルト？　ルカーシュ・ヘリングの婚約者か。なるほど、身分差がある相手との突然の婚約に驚いたが、ただの令嬢ではなかったか……うむ)

あることを思いついた国王は目を細め、口を開いた。

「私から相談があるのだが——良いかな？」

国王にそう言われ、耳を傾けない臣下はここにはいない。

注目が集まったのを確認してから、国王は『相談』という名の命令をひとつ下《くだ》した。

＊＊＊

東の地方遠征から帰還後、ヴィエラは間を空けることなく魔法局に呼び出された。

魔物寄せの魔法式が重ね掛けされた結界石の詳細と、解除の感覚や魔力消費量について報告を求められたのだ。

他にも、ヴィエラがなぜ他者より魔法式の解除が得意なのか、理由と経歴の説明も少々。

付与が失敗した魔道具を再利用しようと、よく解除をおこなっていたため技術的に優《すぐ》れていた——と、同席していた上司のドレッセル室長が補足してくれたのもあって、報告会が長引くことはなかった。

そして遠征に参加した人に与えられる一週間の特別休暇が、ヴィエラにも与えられることになったのだが……。

「ヴィエラ、大丈夫か？」

三つ編みにした艶やかな黒髪を肩から下ろし、ブルーグレーの瞳を細めた麗しい青年――ルカーシュがベッドに腰掛け、横たわる婚約者ヴィエラを覗き込んだ。

彼は誰もが憧れる神獣騎士団の団長を務める英雄で、トレスティ王国の大貴族アンブロッシュ公爵家の三男。

そんなルカーシュに見つめられたら……。枕に頭を預けていたヴィエラの心臓はドキッと強く反応する。

「熱は下がったので、大丈夫です。もう動けます」

ルカーシュに見下ろされるアングルに落ち着くことなどできず、ヴィエラは慌てるように体を起こした。

実はヴィエラ、魔法局への報告が終わった直後に倒れたのだ。

先週、東の地方遠征で起きた結界石の問題を解決するために、彼女は現地に急行した。

結界の魔法式に重ね掛けされた魔物寄せの魔法式の解除は難しく、魔力を多く費やした結果、彼女は魔力枯渇に至ってしまったのだ。

魔力枯渇のあと、魔法使いはしばらく体調不良に陥りやすくなる。

魔力を回復させるためにも体力を消耗するから、あるいは魔力が安定するまで体調も安定しないからなど、理由はまだ解明されていないがとにかく弱体化してしまうのだ。

「やっぱりティナに乗って帰ってきて正解だったな。結界課と移動していたら、今も馬車の中で熱に苦しんでいたかもしれない」

「そもそも熱が上がらなかったかも……」

「ん？」

「なんでもありません」

東の地方から王都への帰還は、特別に神獣騎士団とともにすることになった。

その際、ヴィエラはルカーシュに抱えられながらアルベルティナの背に乗ることで、他の王宮魔法使いより早く王都に帰還することはできたのだが……多くの神獣騎士の目がある空で、婚約者のルカーシュと丸二日密着していた。

ルカーシュを好きだと自覚してから、ヴィエラの心は休まらない。彼が視界に入っただけで胸が高鳴り、顔が熱くなる。心が落ち着かないまま、ルカーシュから強く抱き締められ続けるというのは非常に心臓に悪かった。

体を支えるためにおなかに回された大きな手、密着する自分の背中と彼の胸元、耳元でささやかれる良質な声。

ユーベルト領に行ったとき以上に意識してしまい、ヴィエラの鼓動は限界まで速くなり、体はこわばったまま。

王都に着いた時点で、ヴィエラはひとりでは歩けないほどの疲労が溜まっていて――。

つまり屍《しかばね》状態になった。

もちろんルカーシュは「屍になっても抱えていく」という出発前の宣言通り、アンブロッシュ邸の裏庭からヴィエラの私室まで大切に抱えて運んでくれたのだが、それはそれで恥ずかしかった。

とにかく魔法局への報告のために帰還の翌日まで気を張っていたが、任務を遂行したらもう駄目で……。

緊張の糸が完全に切れたヴィエラは、報告を終えて技術課の自分の席に座るなり気を失ったのだった。

「せっかくの貴重な休みが……はぁ」

一週間も予定のない大型連休なんて、魔法局に就職して以降初めてのことだ。その半分をベッドの上で消費してしまったことが惜しい。

いや、特に予定はなかったのだが『時は金なり』。貧乏令嬢のヴィエラとしては有意義に時間を使いたかった。

その上、同じく休暇中のルカーシュが療養中のヴィエラに付き合い、どこにも出かけた様子がないのが申し訳ない。

「ルカ様、ごめんなさい。看病ありがとうございます」

そう、ルカーシュは使用人に任せることなく、彼自《みずか》ら寝込むヴィエラに付き添ったのだ。水を飲ませ、額《ひたい》に載せるタオルを替えてくれた。

「ユーベルト家の使用人はひとりだけ。何かあったら家族で看病し合うんじゃないのか？」

「その通りですが」

「なら、何も謝ることはないだろう。俺としては、ユーベルト領で暮らし始める前に、君が風邪を引いたときの予行練習ができて良かった」

ルカーシュは、ヴィエラを慰めるように柔らかくほほ笑んだ。

「ルカ様――っ」

公爵家の出身にもなれば、基本的に病人の世話は使用人任せ。だというのに、生粋《きっすい》のお坊ちゃまの育ちであるルカーシュは婿入り先の貧乏な環境に順応しようと、看病してくれた。

婚約者想いの彼の優しさがヴィエラの胸を打つ。

（未来の婿様が素敵すぎる。こんないい人に熱の原因を押し付けるなんて、私の馬鹿。そうよね、ティナ様に乗せていくと強引に決めたのは、本当に私の体調を心配してのことよね）

母カミラと妹エマからは、『殿方は、好きな女性に触れる機会を常に狙う獣なのよ。そして牙を隠しつつ、慣らしながら踏み込んでくるの。優しいときほど殿方には気をつけなさい』と聞いていたため、ルカーシュまで疑ってしまっていた。

こんなに優しい婚約者を獣と思うなんてあってはならない。

ヴィエラは両手でルカーシュの手を握り、改めて未来の婿に抱いた決意を伝えた。

「私、ルカ様のこと大切にしますね！」

突然の宣言に麗しい婚約者は軽く瞠目《どうもく》するが、すぐに相好《そうごう》を崩した。

「ヴィエラに看病してもらえるのなら、風邪を引くのも案外悪くないかもしれない」

そう言って、ルカーシュはヴィエラの頬に口付けをする。

あまりにも自然な流れに、ヴィエラは一瞬何が起きたか分からなかった。離れたルカーシュの満足そうな表情を見て、ようやくキスされたのだと気づく。

熱はもう下がったはずなのに、唇が触れた頬だけは温度が高い。

「するのなら、心の準備をする時間をください」

「遠征先で事前予告もなく先にキスしてきたのは、誰だったかな？」

「すみません。私です」

ぐうの音もでなかった。

両思いだったから良かったものの、もしそうではなかったらヴィエラはただの欲求不満の痴女扱いされても文句は言えなかっただろう。

「突然なのはお互い様だし、今後は好きなときにキスさせてもらうから」

ルカーシュが不敵な笑みを浮かべて宣言をしても、ヴィエラは反論できない。彼女自身も好きな人からキスされること自体は嫌ではないのだ。

ただ恥ずかしく、照れを抑えるのが大変なくらいで……。

ヴィエラはブルーグレーの瞳を見つめ、コクリと頷いた。

すると、ルカーシュが再び顔をゆっくりと近づける。

ヴィエラは引き寄せられるように、物ほしそうなルカーシュの瞳を見つめた。

互いの視線が絡み合う。

もう一度口付けが、きっと次は唇同士で――とドキドキしながら触れる直前、扉がノックされた。

「――っ!!」

慌ててふたりは顔を離す。

ルカーシュはさっとベッドからサイドチェアーに座り直し、ヴィエラは空咳をしてから余裕ぶって「どうぞ」と返事をした。

そしてすぐに女性の使用人が入室したのだが、ふたりの様子を見てわずかに頭を傾ける。

「……出直しましょうか？」

「だ、大丈夫です！　それより何かありましたか？」

「ヴィエラ様宛に、魔法速達《マジックレター》が一通届いております。どうぞこちらを」

「ありがとうございます」

ヴィエラは平静を装いながら使用人からカードを受け取る。

そして書かれていたメッセージを読んで、パッと表情を明るくさせた。

＊＊＊

「お父様、お母様、大丈夫ですか？」

馬車を降り、アンブロッシュ公爵家の屋敷の前で固まるユーベルト子爵夫妻――両親の顔の前でヴィエラは手を振った。

父トーマスの痛めた腰が良くなったということで、以前約束した通り、アンブロッシュ公爵がヴィエラの両親を王都に招待してくれていたのだ。

先日ヴィエラのもとに届いた魔法速達《マジックレター》は、ユーベルト領を出発したという連絡だった。そうして予定通り一週間で到着し、数カ月ぶりの親子の再会だというのに両親の意識は娘より屋敷に向いてしまっている。

アンブロッシュ公爵は「屋敷に滞在するほうが家族で気軽に過ごせるだろう」と、王都のホテルではなく屋敷の客室を調えてくれた。

施しを断らない貧乏性な両親はもちろん喜んだのだが、屋敷が立派すぎて慄《おのの》いてしまったらしい。

（確かに門の外からと、目の前で見るのとでは迫力が違うものね。私も初めて連れられてきたときは腰が引けたもの）

アンブロッシュ公爵家は由緒正しい名家。屋敷の規模は大きく、造りは荘厳《そうごん》。庭は端までしっかり手入れが行き届き、花が美しく咲き誇っている。貴族であっても、ユーベルト子爵家のような田舎者には無縁の世界が広がっていた。

圧倒される両親の気持ちに共感しつつも、屋敷の中ではアンブロッシュ公爵たちが待っている。ヴィエラはもう一度両親に声をかけた。

「お父様、お母様！　気をたしかに！」

「ヴィ、ヴィエラ⁉　それに――」

トーマスがハッと意識を取り戻す。そうしてようやくヴィエラの隣にルカーシュもいることに気がついた。妻カミラと一緒に頭を下げる。

「ご挨拶が遅れて申し訳ありません。ルカーシュ殿、このたびはお世話になります。滞在中、どうぞよろしくお願いいたします」

「こちらこそ、遠いところから来てくださり感謝しています。お疲れでしょうから、まずはお茶で一息ついてください。どうぞ中へ」

「失礼いたします」

両親は互いに目を合わせ頷くと表情を引き締め、ピーンと音が聞こえてきそうなほど背筋を伸ばした。

ヴィエラの両親から、ユーベルト子爵夫妻の顔へと変わる。少しぎこちないけれど、こうやって切り替えられるところはヴィエラも見習いたいところだ。

こうして屋敷でアンブロッシュ公爵夫妻から歓迎のお茶会を受けたのだが、王立学園の授業を終えたエマが合流する頃には、両親の肩から余計な力が抜けていた。

「ユーベルト子爵、その木から採れる樹液というのは実に気になる。蜂蜜ほどの甘さになるとか？」

「今度の改良が上手くできたら公爵にお送りします。蜂蜜に似た丸みのある甘さで、温めたラム酒に混ぜると美味《おい》しいんですよ」

父親同士は、ユーベルト領で立ち上げたばかりのシロップ事業とお酒の話で盛り上がり……。

「カミラ様と同じく、わたくしも最近レース編みの楽しさに目覚めてしまって！　先日はブローチにも挑戦してみたのよ」

「まぁ！　そのブローチはヘルミーナ様の手作りですの？　素敵なデザインだけれど、わたくしにも作れるかしら？」

「できますとも。滞在中に図案をまとめてカミラ様にお渡ししますね。代わりに、そのスカーフの編み方についてなんですけれど――」

母親同士は、身に着けている手作りの品について花を咲かせていた。

アンブロッシュ公爵夫妻の親しみを感じさせる話術がすごいのか、それとも『貧乏、どこに行っても生き抜くべし』という両親の順応性が高いのか。

エマが「公爵家と我が家って、昔から親交があったのかしら？」とヴィエラに確かめるくらいには打ち解けていた。


そしてアンブロッシュ公爵の計らいで、その日の夕食はユーベルト家だけで過ごせるようにしてくれた。

サロンルームで出された豪華な食事に感動しつつ、食後に始まったのは〝闘い〟に向けてのレッスンだ。

「お父様、少しずつ背中が丸まってきているわ。お母様は肩から力をもっと抜いてお父様の腕に手を添える！」

王立学園でマナーの授業を受けているエマの厳しい指導が、容赦なく両親へと入る。

両親が王都に呼ばれたのは、アンブロッシュ公爵家と夜会に参加し、両家が親しいと社交界にアピールするためだ。

年に一度だけ王家主催の夜会に参加していた両親だが、そのときは必要な挨拶だけ終わらせ、ボロが出る前に早々に帰っていた。

しかし今回は、社交界の上位にいるアンブロッシュ公爵家の隣に長く立たなければならない。嫌でも比較されるし、ごまかしは通用しないだろう。

粗末すぎる立ち振る舞いでは、ともに夜会に参加する公爵家の足を引っ張りかねない。

そう危惧したエマが、付け焼き刃でもないよりはマシだと急遽レッスンを提案したのだった。

妹はすごいなぁ、と感心しながらレッスン風景を見ていたヴィエラだったが、もちろん姉もエマの指導対象者だ。

「お姉様は他人事のように見ているけれど、大丈夫なの？　英雄のルカーシュ様にエスコートされるお姉様が、この中で一番悪目立ちしやすいんだからね。今までにルカーシュ様と合わせ練習はした？」

エマの指摘に、ヴィエラはさっと視線を逸《そ》らした。

「おーねーえーさーまぁ？」

「いつも手を繋いで歩いているけど、何もルカ様から言われたことは」

「仲が良さそうで何より！　でも普段の手繋ぎとエスコートは全く別なの。一度ルカーシュ様と確認したほうがいいわよ」

「うっ」

正論に何も言えない。

ルカーシュとの出会いは夜会だったが、ふたりとも会場から離脱していた。

その上、お酒をぐびぐびと飲み、愚痴をこぼし、酔った勢いで婚約するという……実に貴族の振る舞いからはかけ離れた行動をとっていた。

ルカーシュはヴィエラのマナーレベルを知らない。

もちろんヴィエラもルカーシュのレベルを知らない。

しかし彼はアンブロッシュ公爵家の生まれだ。できないわけがない。

ヴィエラは急に不安になってくる。

「エマ、今からルカ様を呼んでくるからチェックして！」

「え!?」

エマと両親がぎょっとする。

だが、ヴィエラは気にすることなくサロンルームにルカーシュを連れてきた。

黒髪の三つ編みは解かれ軽く束ねられた状態で、シャツにスラックスという服装からルカーシュはすでに部屋で寛《くつろ》いでいたことが窺える。

いつもはキラキラと潤んでいる可憐な妹の目が濁っていった。

「婚約者とはいえ、お休み中の英雄を気軽に呼び出すなんて……。まぁ、お姉様だものね。ルカーシュ様すみません、姉の練習に付き合ってくださいませんか？」

「もちろん。俺も誰かをエスコートするのは親戚のデビュタント以来数年ぶりだから、復習にちょうどいい。ではレディ、手を」

早速ルカーシュは背筋をすっと伸ばし、ヴィエラに肘を出した。今の彼は軽装だというのに、立派な貴公子にしか見えない。

改めてルカーシュが、本来であれば関わることのない雲の上の人だと感じる。

自分から高みにできるだけ近づかなければ――とヴィエラの姿勢も自然と真っすぐに伸びる。

そっとルカーシュの腕に手を絡め、寄り添った。

「少し歩こう」

「はい」

ルカーシュにエスコートされ、サロンルームの端をぐるっと一周する。そしてエマの前で立ち止まり、ヴィエラはルカーシュの腕に手を添えたままスカートをつまんで軽く腰を折った。

「エマ、どうかしら？」

「予想していたよりずっといいわ。お辞儀のとき少し頭を下げすぎなくらいで、ルカーシュ様との腕の距離感も悪くないし……練習してないって聞いていたのに不思議ね。身長差があると、意外とその距離を保ちながら歩くのが難しいのに」

「もしかしたら結界課と技術課の間を移動するとき、クレメント様がエスコートしてくれることが何度もあったからかも」

心当たりがあるとすれば、結界課の班長を務めるクレメントしか考えられない。彼は魔法学校時代のひとつ下の後輩で、王宮の魔法局に就職後も理由をつけて絡んでくることが多かった。

エスコートしてもらっている間の会話はたいてい魔道具の大量注文についてで、クレメントにとってはヴィエラが逃げ出さないための連行の意味合いが強いだろう。

そんな後輩の身長は背の高いルカーシュとほぼ同じで、腕の高さも近いのが要因かもしれない。

(知らない間に練習ができていたなんてラッキーね)

ヴィエラはそう納得したが、他の人はそうでもないらしい。

特に隣から冷たいオーラが放たれている。

そっと見上げれば、感情がこもっていない無機質な瞳で見下ろす婚約者の顔があった。

両親は存在感を消し、会話のきっかけになったエマは「ごめん」と視線で伝えてきた。

さすがに鈍感なヴィエラでも、ルカーシュが嫉妬していることが分かる。

「ルカ様、今はきちんと断っています！　大丈夫です！」

クレメントとの距離感について気をつけるよう、以前ルカーシュから忠告されたことがある。

すかさず忠告を守っていることを強くアピールした。

「なら問題ないが。そうだな……両家の親密さをアピールするのも大切だが、俺たちの婚約が揺るぎないものだと見せるほうが重要だ。立っている間はこうしよう」

ルカーシュはヴィエラの手をほどくと、彼女の腰に手を添えて強めに引き寄せた。自然とヴィエラの肩が、ルカーシュの逞《たくま》しい胸元に頼る姿勢になる。

気配を消していた両親とエマが「わぁ」と目を輝かせた。

ヴィエラの全身は照れでむずむずしてしまい、ルカーシュと少し隙間を開けようとする。が、彼はもちろん許さない。念を押すように、腰に触れている手に力が込められた。

「いいな？　ヴィエラ」

「……っ、ルカ様のご希望通りに」

遠征の帰りにヴィエラは、ルカーシュに後ろから抱えられて密着している姿を多くの神獣騎士たちに見られた。今更なんなのだ。開き直ったヴィエラは、頬に火照りを感じながら頷いた。

その表情を見て機嫌を直したルカーシュはヴィエラを解放し、エマに視線を向けた。

「俺たちは合格かな？」

「バッチリです！　お辞儀の角度はこちらで直させますので、エスコートは当日も同じようにお願いします」

「分かった。では引き続きユーベルト家の皆さんは時間を楽しんでください。失礼する」

そうしてルカーシュはスマートにサロンルームから出ていった。

「さ、お父様とお母様は先ほどのルカーシュ様とお姉様を見本に、もう一周！」

ルカーシュの姿が見えなくなると、すかさずエマが両親のレッスンの再開を促《うなが》す。そして両親がそばから離れると、姉の耳元にこっそり口を寄せた。

「もう私が後継者になるかも、なんて考えなくて良さそうね」

エマは嬉しそうに囁《ささや》いた。

彼女だけは、ヴィエラとルカーシュが数年後に離縁するかもしれない契約婚だと知っていた。離縁したら正式な後継者は長女ヴィエラから次女エマへ――そんな未来は考えなくてもいい関係になったのだと察したらしい。

エマの笑みは、心から祝福しているものだ。

ヴィエラも満面の笑みを浮かべて、「うん、私たち本物の夫婦になれるみたい」とエマに囁き返したのだった。

＊＊＊

太陽が完全に沈み、月が空の主役になる時間。

とある伯爵家の屋敷前に、家紋の旗を靡《なび》かせたアンブロッシュ家の馬車二台が到着した。前の馬車にアンブロッシュ家一同が、後ろにはユーベルト家一同が乗っていた。

「よし！」

気合を入れた父トーマスが馬車を降り、母カミラと妹エマの降車を手伝う。それが終わると、黒髪の青年にすぐに場所を譲った。

瑠璃紺色の生地を基調とした、テールが長くシルエットが美しい礼服を纏った婚約者――ルカーシュがほほ笑みを浮かべて、馬車の中に向けて手のひらを向けた。

「ヴィエラ、手を」

「あ、ありがとうございます」

普段は身に着けない装飾品が輝いているからだろうか、光が反射していつも以上にルカーシュが眩しく見える。少し緊張した面持ちでヴィエラは彼の手に自身の手を重ね、ゆっくり馬車から降りた。

ちょうど夜風が吹き抜け、婚約者と合わせた瑠璃紺色のドレスが靡く。スカートにちりばめられた宝石が星のようにキラキラと輝いた。

美しい光景に魅入ることなく、ヴィエラは緊張感を高めた。

(ヘルミーナ様がルカ様とお揃いのドレスを用意してくれたけど、心臓に悪い。今の風で宝石が飛んでいってしまってないよね？　し、慎重に動かないと)

髪型が崩れることより、宝石が心配だ。

ヘルミーナは、高価なものに怯えるヴィエラのために『クズ扱いの安い宝石を指定しているから安心して』と言ってドレスを誂《あつら》えてくれたが、数が多いし宝石には変わりない。

宝石が落ちてしまっていないか確認のために地面に伏せたいが、今は駄目だ。

洋裁店の職人の腕を信じて、ヴィエラはルカーシュの腕に手を添えた。

すると彼はヴィエラをじっと見つめ、軽く眉をひそめる。

「誘いがあっても絶対にひとりにならないように。いいな？」

わざわざ念を押すような言い方が不思議で、ヴィエラはきょとんとした表情を浮かべた。

すると、なぜかエマがため息をついた。

「察してよ。お姉様は童顔で小柄、今夜は特に綺麗なドレスを着ているから、大きめのお人形さんみたいだわ。そのまま持っていかれそうで心配、ってこと」

「エマったら、人形だなんて大げさな――」

「エマさんの言う通りだ。ヴィエラ、気をつけて」

ルカーシュの忠告に同意するように、アンブロッシュ公爵夫妻と両親も頷く。ヴィエラ本人は納得していないが、皆の圧がすごい。渋々頷くことにした。

そうしてアンブロッシュ公爵夫妻を先頭に、夜会がおこなわれているホールへ向かう。

通路にいる人たちは、滅多に社交場に出てこない英雄ルカーシュの姿に目を輝かせている。

ホールに入場すれば、それはさらに強まった。

驚きと興奮、そして偶然でも英雄と同席できる優越感――会場にいる多くの貴族が、ルカーシュに憧れを抱いていることが伝わってくる。王宮の食堂で彼が姿を見せたとき以上の熱い眼差しが集中した。

(やっぱりルカ様の人気ってすごいのね。王宮で働いていたら偶然見かけることも……技術課に引きこもっていた私はなかったけれど、普通の人は英雄を見られる機会なんて限られているものね。特に礼服姿は貴重に違いないわ)

そんな偉大な人物にエスコートされていることが、今になって信じられなくなってきた。

どうしてこんな貧乏令嬢が——という嫌味のひとつやふたつは覚悟しておこう、と会場に入ってからヴィエラは構えていたが嫉妬の視線すら来ない。

基本的に寄ってきた貴族に対しアンブロッシュ公爵夫妻が受け答えをし、タイミングを見てユーベルト子爵夫妻が会話に加わり親しさをアピールする。

時々エマの知り合いが声をかけてくるが、ヴィエラとルカーシュに簡単な挨拶と軽い礼をしたらサッと立ち去っていく人が多い。

ヴィエラは基本的にほほ笑みを浮かべて立っているだけだ。もちろん、ルカーシュの手はヴィエラの腰に添えられて離れることはない。

「興味のある視線を向ける割に、あまり話しかけられませんね。初対面の夜会のとき、ルカ様は話しかけられるのに疲れて逃げてきたって言っていましたのに。ルカ様にも声かけが少ないなんて……」

「以前、俺に積極的に話しかけてくるのは婚約目的の令嬢とその親たちが多かった。今は君がいるから突撃する理由がなくなったのだろう。賢明な判断だ」

そうルカーシュと話している間に、アンブロッシュ公爵夫妻が別の人の輪へ行きたいと断りを入れてきた。探りたい情報があるらしい。

そして次は、ルカーシュが声をかけられた。

「ルカーシュ、久しぶり。ヴィエラ嬢とは順調なようだね」

「えぇ、お陰様で。マリクさんもお元気そうで良かったです。今も神獣乗りの講師を？」

「今年の新入りは筋がいい。もしかしたら神獣騎士団に編入する若者がいるかもしれない」

「それは楽しみですね。ヴィエラ。マリクさんは元神獣騎士で、新人時代の俺の面倒をよく見てくれた先輩なんだ」

　マリクを紹介するルカーシュの態度が、いつもの人前で見せるものより柔らかい。

　ヴィエラからもルカーシュとマリクは親しそうな関係に見えるし、久々に顔を合わせた様子だ。

「積もる話もあるでしょう。私は家族と離れないようにしますので、ルカ様は遠慮せずマリク様とお話をなさっては？」

「ありがとう。少し話したら戻るから。エマさん、ヴィエラをお願いするね」

「任せてください！」

　そうしてルカーシュはマリクにお酒のグラスを受け取りに行こうと誘われ、ヴィエラのそばを離れていった。

　残された弱小貴族ユーベルト家に話しかけてくる者はいない。

　トーマスが苦笑する。

「今のうちに我々はどこかで休ませてもらおうか。カミラはそろそろ足を休めたい頃合いだろう」

「えぇ、どこか座れる場所があればよろしいんだけれど、教えてくださる方は……」

初めて訪れた屋敷で休憩所は分からず、頼れる知人も今回は参加していない。両親が使用人の姿を探そうとしたとき――。

「お休みをご希望であれば、テラスにお席をご用意しております。ご案内いたしましょう」

主催している伯爵家の執事なのだろうか、パリッとした燕尾服を着た壮年の紳士が声をかけてきた。

ユーベルト親子は、執事の案内に従いテラスへと足を運ぶことにした。

ホールの一番端にある扉から、ウッドデッキへと出る。等間隔に並ぶホールの大窓の間には、会場から死角になるようにソファとテーブルのセットが用意されていた。

他に休んでいる人はおらず、ここならば人目を気にせず休めそうだ。

ユーベルト親子は執事にお礼を言って、ソファに腰を下ろすなり揃って肩の力を抜いた。

「こんなに人と会話をする夜会なんて初めてだ」

トーマスが遠い目をして月を眺めながらため息をついた。隣に座るカミラも深く頷いている。

夜会慣れしているはずのエマでさえ、いつも以上に視線を浴びて気が抜けなかったようで、「笑顔に疲れたわ」と頬を揉んでいる。

もちろん、ヴィエラも立っていただけなのに疲労感が強い。伸ばしていた背中は痛いし、ヒールのある靴のせいでふくらはぎはつりそうだ。

家族揃って顔を見合わせ、あまりの情けなさに笑ってしまった。

同時に、華麗に社交をこなすアンブロッシュ家の偉大さを実感する。どんどん笑みが固くなっていくユーベルト一家と比べて、アンブロッシュ一家は常に優雅さを損なうことなく振る舞っていた。

ルカーシュもほほ笑んでいないものの、気品が感じられる堂々たる存在感を維持していた。

そうヴィエラたちがアンブロッシュ家に感心していると、先ほど案内してくれた執事が再び現れる。次は杖をついた老齢の女性をエスコートしてきた。

同じく休憩だろうかと、ユーベルト親子は席を詰めようと腰を上げる。

そして席を詰めてまた腰を下ろそうとしたとき、「待て」とトーマスが家族を止めた。

トーマスの表情がどんどんこわばっていく。

夫の視線を追ったカミラは、ゴクリと息を呑んだ。

ヴィエラとエマは両親のただならぬ様子に不安になり、手を繋いで老齢の女性を見つめる。

真っ白な髪は優雅に結い上げられ、大粒の宝石が付いた髪留めで飾られていた。ドレスは落ち着いた深緑だが、施された刺繍は恐ろしく緻密。一目でアンブロッシュ公爵家と同格の、高位貴族だと分かる。

けれどアンブロッシュ公爵夫妻に対しても、両親はここまで緊張感を見せなかった。

老齢の女性はテーブルの前で立ち止まるとニッコリと笑みを深め、ユーベルト一家の顔を順番に確認していき……視線をヴィエラに定めた。

「ヴィエラ様は、あなた？」

「は……い」

「そう。甘い薄紅色の瞳にイエローブロンドの髪、幼い顔立ち……金糸雀《カナリア》みたいで、本当に可愛らしいのね」

急に褒められたが、どうしてか嬉しさを感じない。

値踏みの色を隠さない眼差しのせいなのか、女性から感じる畏怖《いふ》で余裕を失っているからなのか。ヴィエラは困惑の表情を浮かべた。

老齢の女性はそんなヴィエラの反応を楽しむようにクスリと笑みをこぼして、ゆったりとした動きでソファに腰を下ろした。

「立ち話もなんですから、皆さまお座りになって」

父と母が固い面持ちのまま従うのを見て、姉妹もゆっくりと腰を下ろしていく。

老齢の女性が満足そうに頷くと、父が姉妹に向けて重々しく口を開いた。

「ヴィエラ、エマ。この御方は王家から降嫁《こうか》なさったバルテル侯爵家の大奥様――セレスティア夫人だ。ご挨拶しなさい」

老齢の女性はセレスティア・バルテル――ヴィエラがよく知る後輩の魔法使いクレメントの祖母だった。

ヴィエラは学生時代、少しだけだがクレメントから家族について聞いたことがある。

祖母は生粋のお姫様で、伝統を重んじるプライドの高い方だと。身に着けるものは一級品で、茶葉も高級なものと決まっていて、周囲に求めるレベルも高いらしい、と。

優秀なクレメントでも、学期末試験の前は緊張すると弱音を漏らしていたこともあった。

セレスティアは孫にも容赦がないようだ。

(そんな御方が、どうして田舎貴族の私に？　この様子だと、最初から接触するつもりだったようだけれど)

ヴィエラたちを案内した燕尾服の紳士は、セレスティアの執事なのだろうか。彼は優雅な所作でお茶を用意し、配り終えるとセレスティアの後ろに控えた。

普段から交友がありそうなアンブロッシュ公爵夫妻はここにいない。その上でヴィエラに興味を示している。

意図が分からないヴィエラをはじめ、ユーベルト一家はお茶に手を付けず相手が口を開くのを待った。

セレスティアはお茶を一口含んだあと、トーマスへと視線を向けた。

「アンブロッシュ家の三男を婿入りさせると聞きました。ルカーシュ様と縁を結ぶなんて、とても優秀な娘さんをお持ちのようね」

「恐れ入ります。ただ、ルカーシュ殿の器が大きいと言ったほうが正しいかもしれません」

「まぁ、ご謙遜を。わたくしはヴィエラ様を評価しておりますのよ。特に、魔法の才能について。

先日は魔法局を代表して、遠征の危機を救ったそうではありませんか。若い令嬢の中で最も魔法の才能があるのでは――とわたくし思っておりますの」

猛禽類を彷彿とさせるアンバーの眼差しが、トーマスからヴィエラへと移る。

「貴族の会話に疎いと耳にしているから、単刀直入に申し上げますわ。ルカーシュ様との婚約を取りやめて、わたくしの孫クレメントと婚約してくださらない？」

「――!?」

一体何を言われたのか。分からないヴィエラは、ただ目を見開き唖然《あぜん》とした。

それは家族も同じで、困惑の表情をありありと浮かべた。

「身内の欲目もあるかもしれないけれど、クレメントもルカーシュ様に負けないいくらい魅力的だと思うの。魔法の能力はすでにトップクラスで、容姿もハンサムに育ったわ。そして、ヴィエラ様の容姿も魔法の才能も申し分ない。クレメントとヴィエラ様の間で生まれた子はきっと、容姿だけでなく魔法の才能にも恵まれるはずよ」

ふふふ、と気に入った人形を見つけた少女のように、セレスティアは無邪気にほほ笑んだ。

王族は優秀な子孫を残すことを重んじる。自由恋愛に比較的寛容になった現代の貴族社会の中でも王族は変わることなく、名家あるいは優秀な人物の血統を求めている。

セレスティアは元王女で、王家の直系。血統重視の意識が根強いに違いない。

魔法の才能があるヴィエラの血がほしくなったのだと、ユーベルト親子は察した。

トーマスが声色を固くしながら、セレスティアに頭を下げた。

「申し訳ありませんが、ご存じの通りヴィエラはアンブロッシュ家のご子息とすでに婚約しております。セレスティア夫人のお気持ちには応えられないかと」

「子爵がバルテル家との縁を望んでくだされば、アンブロッシュ家にはわたくしから話をつけるわ。公爵家に利益がある話を用意しますし、ルカーシュ様が望む環境も整え、もちろんヴィエラ様に代わる新しい令嬢を紹介しましょう」

「しかし――」

「それにヴィエラ様がバルテル家に嫁入りとなれば、アンブロッシュ家の息子を婿入りさせるより、ユーベルト家にも利益がもたらされるわ。侯爵夫人となれば多くの資産を動かす権限が持てるから、ヴィエラ様自身の判断でユーベルト家に融資もできる。子爵家の当主になるより、領地の力になれると思いましてよ」

完全な政略結婚のすすめだ。セレスティアの考えには、誰の気持ちも考慮されていない。

ヴィエラとルカーシュはもちろん、自身の孫クレメントも含めて、すべて無視されている。

セレスティアはそれが最上の選択であり、アンブロッシュ家もユーベルト家も納得すると信じている様子で「ユーベルト子爵、いかがかしら？」ともう一度投げかけた。

窓の向こうの賑やかさが、別世界のものに聞こえる。それくらいテラス席の空気は、重々しいものになっていた。

どんな利益が得られるとしても、ルカーシュと婚約解消するなんてヴィエラは受け入れられそうにもない。

でもその気持ちを伝えて説得しようとしたところで、セレスティアに通じそうもない。

それに、下手に反論してセレスティアの反感を買ってしまったら――と混乱するヴィエラは、黙って父とセレスティアのやり取りを見守るしかできずにいる。

少しの間のあと、トーマスは膝の上で拳を強く握った。

「私は変わらず、ルカーシュ殿の婿入りを望みます」

「あら。領地を治める当主として、得られる利益を見逃すのは感心いたしませんわ」

「いえ、領地も大切だからですよ。ルカーシュ殿という国で一番の血をユーベルト家の直系に取り込めるのですから、優秀な後継者が期待できるでしょう。きっと将来、立派に領地を治めてくれるに違いありません」

「そう、一理あるわね。でも、それならエマ様がルカーシュ様と婚約なさるのはいかがでしょう?」

「果たして英雄のルカーシュ殿はそれを望むでしょうか？　ヴィエラはあなた様が望むほどの能力を持つ娘ですよ。魔法が使えないエマで、彼は納得するでしょうかね」

セレスティアは無邪気な笑みを消し、トーマスの目を見つめた。

トーマスは顔を青くしながらも、視線を逸らさない。

睨《にら》み合って数秒、セレスティアが小さくため息をこぼした。

「話すべきはユーベルト家ではなく、アンブロッシュ家のようですわね。同じ高位の者として、理解を得られればよろしいけれど……。そのときはヴィエラ様、我が家にいらしてね」

セレスティアはヴィエラにほほ笑みを向けると、執事に支えられ立ち上がった。そして先ほどの緊張感が嘘だったかのように、柔らかい雰囲気を纏ってテラスから去っていった。

それでもヴィエラの緊張は解けない。どちらの震えだろうか、エマと重ね合った手は小刻みに動いている。

するとトーマスがソファから立ち上がり、ヴィエラとエマをまとめて抱き締めた。

ハッと、姉妹の口から緊張が途切れるため息が漏れた。

「ヴィエラ、すまない。あのような断り方しかできなかった」

「いえ、あれが最善だったと思います」

セレスティアは格上の人物で、婚約への意識が全く異なる相手だった。こちらの持論を持ち出して説得するより、相手の望む価値観で意見を伝えたほうがいい。

（お父様だって怖かったはずなのに……この婚約を守るために、思ってもいないことを言ってくれた。領地の利益よりも、私たちを優先してくれた。ルカ様は寛大な方だから、分かってくれるはずよ）

ヴィエラは父の背に手を添えて、抱き締め返した。

「エマもすまない。あんな言葉を言ってしまったが、エマも自慢の娘だ。愛しているよ」

「大丈夫。お父様がどれだけ私を大切にしているか知っているわ。私もお父様が自慢よ」

エマもトーマスをしっかりと抱き締め返す。

そしてカミラが、父と娘たちをまとめて包み込む。

「ヴィエラとエマは毅然《きぜん》と耐えていて偉かったわ。旦那様、あなたはとても格好良かったわよ」

「お、惚れ直したか？」

「そうね。夫があなたで心から良かったと思っているわ」

「それは夫冥利に尽きるな。さっきも私の背に手を添えてくれてありがとう。意見を言う勇気が出た。さすが私が惚れた女性だ」

トーマスは娘たちから体を離すと、カミラの指先に口付けを落とした。カミラは「もうっ」と恥じらう。

久々に見せつけられた両親の熱々っぷりに、ヴィエラとエマは顔を見合わせて苦笑した。ユーベルト領に四人で暮らしていたときを思い出して、ようやく心の余裕が戻っていく。

「両親のラブラブっぷりを見せられる子どもとしては複雑だけれど、理想の夫婦ではあるよね」

「次はお姉様とルカーシュ様の番かしら」

「からかわないでよ」

「ルカーシュ様はお姉様のことが大好きだって分かっているから、こうやってからかえるんだけどね」

　エマの言う通りだ。

　もしルカーシュとの婚約が当初の気持ちを伴わない契約のままなら、笑っていられなかっただろう。きっと彼は条件の良い令嬢を選ぶのだと、ヴィエラが身を引くことまで想像できる。

　両思いだと分かったばかりで、周囲にも分かるほどルカーシュがヴィエラに愛情を注《そそ》ぐタイプだからこそ、心を強く持てている自覚があった。

「とにかく、アンブロッシュ家の皆さまにはお伝えしたほうがいいよね？」

　ヴィエラの確認の言葉に、家族は深く頷いた。

　そして夜会会場からアンブロッシュ公爵邸に戻り次第、セレスティアに提案されたことを包み隠さず伝えた。

「久々に腸《はらわた》が煮えくり返っているのですが」

「ルカもかい？　奇遇だな、私もだ」

「あら、旦那様とルカもなの？　同じ気持ちで嬉しいわ」

　ルカーシュはもちろん、アンブロッシュ夫妻の憤りは想像以上で、ユーベルト一家は自分たちが悪くなくても背筋に寒気を感じた。

　三人とも美しい笑みなのに、神話に出てくる恐ろしい悪魔たちの姿が後ろに見えるのだ。

　これから家族会議をするというアンブロッシュ親子に、先に休むよう促されたユーベルト親子は静かに従った。

＊＊＊

ルカーシュとアンブロッシュ公爵夫妻は執務室に入ると、応接用のテーブルを囲んだ。

気分を落ち着かせるためか、珍しくヴィクトルが葉巻に火をつけた。ゆっくりと吸い、ため息とともに白い煙をくゆらせる。

「ユーベルト子爵が善良で良かった」

当主の言葉にルカーシュとヘルミーナは同時に頷いた。

家格のバランス関係が違っていたり、当主が短慮な者だったりした場合、セレスティアの提案に乗っていた可能性があった。バルテル家の夫人になれば得られる肩書と資産は、アンブロッシュ公爵家から見ても魅力的な価値がある。

しかしユーベルト子爵はその場で提案を断った上に、隠し事を一切することなくアンブロッシュ家に報告した。

つまり、バルテル家よりアンブロッシュ家との繋がりを大切にしたいという意思の表れ。

義理立てしてもらったのだから、アンブロッシュ家はユーベルト家をしっかりと守る責任がある。

「バルテル家の現当主は完全にセレスティア夫人の傀儡《かいらい》だが……。ルカ、次期当主のクレメント君は関わっていそうか？　彼はヴィエラさんを慕っているのだろう？」

「どうでしょうか。ただ、自分以外にも敵が増えるだろうから気をつけろという忠告の言葉を遠征中にもらいました。それはセレスティア夫人のことを指しているのか、それとも別の方を指しているのかは不明です」

あの夜のクレメントは、どちらかと言えばルカーシュの背中を押すような態度だった。

それだけでなく『ヴィエラがルカーシュを完全に好きにならない限り狙い続ける』という言葉は、裏を返せば『ヴィエラの心が定まれば諦める』という意味にも捉えられたのだが。

（宣戦布告というより、周囲に警戒しろという意味に聞こえたのに……違ったのだろうか。油断を誘うためなのか？）

振り返ってみるが、ルカーシュにはクレメントの意図が読み切れない。

断言できるのは、セレスティア夫人の行動は許せるものではないということ。

宝物を横から堂々と奪おうとした上に、自分の思い通りになるはずだと先に格下のユーベルト家から接触し、遠回しにアンブロッシュ家を軽んじた。

アンブロッシュ家の息子としても、将来ユーベルト家の一員となる婿としても、ルカーシュが見過ごせない案件だ。

ユーベルト家と過ごした時間はまだ短い。

しかし、ユーベルト子爵は貧しいながらも常に領地と領民のために心を砕き、ヴィエラたち家族も自分の役割を果たそうと懸命に働いていることを知った。

自分たちの生活の質を抑えてまで民を思う姿勢には尊敬の念を抱き、その一員になれることを喜ばしいとルカーシュは心から思っている。

爵位は低くても、ユーベルト家は見下していい相手ではない。

ただ、警戒すべき人物はセレスティア夫人の他にもうひとりいる。

「父上、元神獣騎士のマリクさんから得た情報なのですが、国王陛下はまだ俺の引退をお認めになるつもりはないらしい。仲間だった彼に、俺が引退を思い留《とど》まるような言葉をかけるよう頼んできたとのことです」

マリクは命を助け合った戦友で、入団した頃のルカーシュの教育係でもある。幸いにもマリクはルカーシュの味方で、国王より後輩の意思を優先し、ネタばらしをしてくれた。

そんな人物にまで声をかけて説得を試みるあたり、国王の諦めの悪さにうんざりする。

息子の話を聞いたヴィクトルは葉巻の先を灰皿で潰し、火を消すと足を組んだ。

「こちらが掴んだ情報によると、先日開かれた、魔法局の上層部会議に国王陛下も参加したらしい。そして功労者に褒美を与えようという話題も出したようだ」

「その褒美とは？」

「そこまでは探れなかったが、ルカーシュの引退の引き留めに利用する可能性が高い。いや、もしかしたら有能だと分かったヴィエラさん自身を取り込もうとするかもしれないな。王族同士、セレスティア夫人と手を組まなければ良いが」

片方ずつならともかく、アンブロッシュ公爵家であっても王族と侯爵家の両方を同時に相手するのは面倒だ。

すると、ヘルミーナが楽しそうにクスクスと笑い始めた。

「それなら、わたくしに任せてちょうだい。これまで王家出身だからと相手を立てて遠慮してきましたが、社交界の主導権を奪いましょう。頂点でいることに熱心なセレスティア夫人の影響力が下がったような印象を国王陛下に与えられれば、国王陛下の性格上セレスティア夫人と手を組むことは避けるはずよ」

「ヘルミーナ、任せても大丈夫かな？」

「もちろんですわ、旦那様。そろそろ本気を出したいと思っていたところなのよ。上の子たちのお嫁さんふたりにも協力してもらって、若い層からいきましょうかしらね。アンブロッシュ家を二度と甘く見られないようにするわ」

ヘルミーナは楽しみだと言わんばかりの、自信溢《あふ》れる笑みを浮かべる。

それをヴィクトルは期待に満ち、それでいて愛しさを隠さない眼差しで見た。

仲のいい両親を見ていたルカーシュは、早く自分もヴィエラと入籍して新婚生活を送りたいと思ってしまう。

本当なら、両思いだと分かった時点で入籍だけでも済ませてしまいたいと考えたほど。

だが、今のタイミングでの入籍にはリスクが伴うだろう。

国王がヴィエラに目を付けたのなら、夫婦になったらまとめて利用される可能性がある。あえて婚約の関係を維持することでヴィエラはルカーシュの、ルカーシュはヴィエラの交渉材料として切り札を残しておかなければならない。

だからと言って、自然に問題が解決するまで何年も待つつもりもない。

神獣騎士の団長としておこなっていた仕事は、すでに後継者である副団長ジャクソンにほとんど譲っている。部下たちもその体制に慣れてきた。

そして、これまで他部署との打ち合わせは会議室や神獣騎士団のエリアでおこなうようにしていたが、今はジャクソンにルカーシュが付き添う形で先方がいる場所へと足を運ぶようにしている。こうして多くの王宮関係者にも姿を見せ、ルカーシュの引退を印象付けてきた。

国王が頷かないのなら、国王が頼りにしている周囲の者の意識から刷り込む作戦だ。

遠回りだが、多くの王宮関係者は『近々、ルカーシュは引退する』と当然のように思い始めている。そして規定の十年が過ぎているのに、なかなか引退の日が決まらないことに同情的な意見も出始めていた。

(今の状況で国王陛下は俺に制約をかけにくい。もしかしたら、ヴィエラから利用しようと考えるかもしれない。……だが彼女が大変な思いをするようなら、こっちにも考えがあることを仄《ほの》めかすかしておくか。一番厄介なのは、国王陛下の提案がヴィエラも喜ぶような内容だったときだ。邪魔をして、笑みを向けてくれなくなったら堪《こた》えるな）

ルカーシュにとって、それくらいヴィエラの笑みは大切だった。

媚びも下心もなく屈託のない婚約者の表情と態度は、ルカーシュを自然体へと導いてくれる。肩の力を抜いて、本来の姿になることができる。

ただ、結婚以外に神獣騎士を引退したい目論みがあるルカーシュにとって、全面的にヴィエラの好きなようにさせることも難しい。

無関係だったヴィエラを渦中に巻き込むことなく、可能な限り面倒ごとから遠ざけておきたいところだが……。

「国王陛下からの褒美が、ただの現金や素材になるような宝石で終わることを祈るばかりですね」

ルカーシュはため息混じりに願いを口にした。

駆け引きが生じることなく、ヴィエラが最も喜びそうなものだ。

するとヴィクトルが、申し訳なさそうに眉を下げた。

「引退も婚姻のタイミングも自由にさせてやりたかったが……ずっと我が家の都合に付き合ってもらって悪いな」

「俺もアンブロッシュ家の人間ですから当然ですよ。罪悪感から何かしないと気が済まないのなら、俺ではなくヴィエラとユーベルト家にどうぞ。巻き込むつもりもなく、彼女らが知らないまま終わらせようとしましたが……そろそろ隠すのも限界でしょうから」

「そうだな。滞在中はきちんともてなし、ユーベルト家の新事業についても求められたら手を貸そう」

「手厚くお願いします。なにせ俺の婿入り先なので、嫌われて過ごしにくくなったら大変です」

ルカーシュが笑みを深めると、ヴィクトルは相好を崩して肩を揺らした。

「はは、恐ろしい脅しをされた。覚えておこう。では私は今までと同じく国王陛下の動向を探り、ヘルミーナは社交界を掌握《しょうあく》。ルカは国王陛下の味方を自分のものに。長男《レナート》と次男《オリヴェル》には引き続き表で目立ってもらい、貴族たちの気を引いて目隠しの役割を果たしてもらおう。それでいいな？」

ヴィクトルの問いかけに、ルカーシュとヘルミーナはしっかりと頷いた。

「それではお先に。おやすみなさい」

ルカーシュは断りを入れて、執務室をあとにした。

しかし自室には戻らず、厨房に寄ってワイン一本とグラスを手に入れて庭園へと出る。

それほど涼しい季節ではないのに、頬を撫でる夜風がひんやりする。やはり頭に血がのぼっていたらしい。

「持ってきて正解だったな」

片手にぶら下げたワインボトルとグラスを見て、苦笑を漏らす。

クレメントの忠告もあって、セレスティアの行動は全くの想定外ではなかった。

しかし現実になると、思っていた以上に怒りが込み上げた。

お酒を飲んで半ば無理にでも気分転換をしないと、いつまでも頭の中で怒りの熱が渦巻いて眠れそうにもない。

ルカーシュは腰を下ろせそうな場所を求めて奥へと進む。

「ヴィエラ？」

すると、月を見上げながら庭園のベンチに座る婚約者の姿を見つけた。声をかければ、化粧を落としてあどけなくなった顔がこちらに振り向いた。

「ルカ様？　家族会議は終わったのですか？」

「今さっきな。ヴィエラはどうしてここに？」

「なんだか眠れそうになくて、ちょっと涼みに散歩です」

ヴィエラも、今日のことは少なからず衝撃を受けたらしい。それでも心配かけないように、明るく笑おうとしているところがいじらしい。

ルカーシュはヴィエラの隣に腰を下ろすと、グラスを差し出した。

「それなら、寝酒に付き合ってくれないか？」

ワインボトルを軽く掲げれば、ヴィエラの薄紅色の目は分かりやすく輝いた。

本当に自分の婚約者は趣味が合うし、素直で可愛らしい。

「今夜は一杯だけで我慢してくれ」

「ふふ、ルカ様はまたそのままボトルでいっちゃうんですね」

「まぁな」

自分ひとりで飲もうと思っていたため、グラスは一脚しかない。それをヴィエラに渡し、ワインをなみなみと注いだ。

そうしてルカーシュが直接ボトルに口を付け、ヴィエラがグラスを傾ければ、初めて出会った夜会のようではないか。

「「乾杯」」

楽しかったあの夜の懐かしさで、ルカーシュの中で荒ぶっていた怒りが静まっていく。

同時に、あのとき自分にお酒を渡しながら話しかけてきてくれたヴィエラに感謝する。

(あの出会いがあったから、俺はヴィエラと婚約できた。もし少しでもタイミングが違えば、こうして隣にいることなんてできなかっただろう)

巡り合わせてくれた神にも感謝を伝えるように、月を見上げた。

「ねぇ、ルカ様」

「ん?」

「政略結婚って、大変なんですね。好き嫌い関係なく、家の繁栄のために結婚しなきゃいけないことがあるの、改めて思い出しました」

そう言いながら吐いた小さいため息には、後輩の魔法使いへの心配や同情が込められているのだろう。

　ルカーシュも、クレメントのことは気に入らないものの、境遇には同情の余地がある。祖母があれほどの血統主義なら、彼が拗らせてしまった経緯がなんとなく想像できた。

　だからといって、隙を見せるつもりはないが。

「やはり高位貴族は影響力を保持していかないといけないからな。父上と母上も政略結婚だし、跡継ぎの兄上たちもそうだった。家格や、能力のバランスを見て結び付けられたものだ。幸いにも我が家は仲良くやっているから良かったが、そうではない家もあると聞く」

「やっぱり。ますます幸運だったと実感しました」

「幸運？」

「ルカ様と、その……す、好き同士になれて、です」

「――っ」

　夜空の下でも分かるほど頬を赤らめてはにかむヴィエラに、ルカーシュの心臓は鷲掴みにされる。恥じらい、たどたどしくなった口調も心をくすぐってくる。

　今夜は何度、婚約者を可愛いと思ったのだろうか。

　これほど愛しく思える存在は、ヴィエラ以外にいないと断言できる。

「ヴィエラ、幸運に思っているのは俺もだよ」

　ルカーシュは空いている手でヴィエラの肩を抱き寄せると、彼女の額に口付けを落とした。

ヴィエラは照れながらも受け入れてくれる。
（絶対に手放さない）
祈りと誓いを込めるように、ルカーシュはいつもより長いキスを送ったのだった。

第七章
栄光の裏側

夜会から数日後。ヴィエラは魔法局の局長室に呼ばれ、遠征の活躍における褒賞について説明を受けていた。

遠征の延長と新しい結界石の追加出費を防ぎ、魔物からの危険も回避できたなど、今回のヴィエラの活躍は大きく認められ、給与半年分の褒賞金が与えられることになった。

給与のほとんどを実家の仕送りに当てて貧乏生活を送っていたが、王宮魔法使いは高給取りに該当する。

それが半年分となればなかなかの金額で、振り込み明細書を手にしたヴィエラは目を輝かせた。

「局長、こんなにいただいてもよろしいのですか？」

「ユーベルト殿の貢献を考えたら当然の内容だ。ドレッセル室長からも聞いたが、これまでの勤務態度も非常に良く、君の解除能力は技術課でも重要だそうじゃないか。これからも魔法局の力になってくれると期待を込めての額となっている」

「ありがとうございます？」

ヴィエラは局長の〝これからも〟と〝期待〟という言葉に引っ掛かりを覚え、疑問形で返答してしまう。

ルカーシュだけでなくアンブロッシュ公爵からも直々に『褒賞の内容に気をつけて。昇格の話だった場合、悪いけれど可能な限り断ってくれるとありがたい』とお願いされている。

どうもルカーシュの引退を撤回させる方法を国王は目論んでいるようで、公爵たちはヴィエラが利用されるかもと危惧しているらしい。

ヴィエラとしても今は魔法局で仕事を続けるより、実家があるユーベルト領での新事業を手伝いたい思いが強い。

なぜなら領地に群生している白い木から、甘い樹液が採集できることが分かったからだ。ただ、そのままでは甘さが薄いので、樹液を精製し煮詰めて甘くする必要がある。その精製の道具に自分の魔法技術が活用できそうなのだ。

専用の魔道具を作ってみたいと、実はワクワクしている。

それにルカーシュのスローライフの約束も守りたい。大切な婿様を幸せにしたいという決意は揺らいでいない。むしろ、以前より増している。

だからヴィエラは気を引き締めて、局長の出方を窺った。

そもそも褒賞を与えるだけなら、ドレッセル室長を通して教えてもらえれば十分な内容だ。わざわざ魔法局のトップである局長が平職員を呼び出すなんて、少々大げさにも思う。

「ユーベルト殿の解除魔法の能力は、王宮魔法使いの若手の中でも群を抜いていると、我々は評価していてね」

「買い被りすぎです」

人より少し多く魔法式の解除をしてきた経験があるからこその技能だ。ヴィエラよりも魔力操作がうまく、魔力量も多い魔法使いは他にもいる。コツさえ掴めば、簡単に自分を越えるだろうとヴィエラは思っていた。

けれど局長は首を緩く横に振って、神妙な面持ちを浮かべた。

「いやいや。今回の事件、ユーベルト殿がいなければ遠征はまだ続いていただろう。回避できて良かった。そこで魔法局は、魔法式の保護や解除の重要性を改めて認識し、再発防止のために動かなければならないと判断したところだ。魔法という視点からより詳しく事件を調べたほうが良いだろうと、このたび魔法局独自で調査チームを組むことになった」

「そうなのですね」

どうも雲行きが怪しい。ヴィエラはゴクリと唾を飲んだ。

「ユーベルト殿には、魔法式解除の視点から助言をもらえないかと思っている」

「――っ、助言というのであれば開発課や技術課の大先輩からのほうが的確な意見が聞けるかと思います。私はどうも感覚的なところがありますので、きちんと言葉としてお伝えできるか心配です」

「その大先輩たちもチームに参加する上で、若い魔法使いの意見がほしいというのが上層部からの希望だ。何より、ユーベルト殿は直接あの重ね掛けされた魔法式を解除した本人だからね」

「つまり？」

「調査チームに参加し、事件究明に力を貸してほしい。報酬は上乗せするつもりだ。どうだろうか？」

ヴィエラは膝の上で重ねている手に力を入れ、言葉を慎重に選ぶ。

「私は現在、退職申請を申し出ている身でございます。途中で退職することになり、調査にご迷惑をおかけしてしまうことになったら、大変心苦しく思います」

そう遠回しに断りの文言を伝えるが、局長の表情は変わらない。

「実を言うと、今回のユーベルト殿の調査チーム加入の話は国王陛下からのご提案なのだ」

「国王陛下、直々ですか？」

「あぁ。国王陛下はユーベルト殿の活躍に大変お喜びで、ただの技術課職員でいることをもったいなく思っていらっしゃる。しかし退職申請中であるため、昇格のお話は保留になさった。代わりに、魔法局に調査チームという重要な任務での働きに期待をする形でご提案くださったのだが……分かるね？」

これでも事情を考慮したと言いたいのだろう。それも国王が。

国王から期待を寄せられることは誉《ほまれ》であり、応えるのが王宮勤めの使命である。意見を求められるような側近ならともかく、平の職員が国王の提案を断れるはずがない。

ヴィエラができる返答は、ひとつだけだ。

「調査チームに貢献できるよう、励みたいと思います」

「引き受けてくれて嬉しく思う。国王陛下も他のチームメンバーも喜ぶだろう。期待しているよ」

「はい」

頭を下げながら、ヴィエラは密かに奥歯を噛んだ。

次に頭を上げたとき、局長は非常に満足そうな笑みを浮かべていた。

「局長、私のほうで準備しておくべきことはあるでしょうか？」

「調査チームの会議が増えるだろう。ドレッセル室長にはこちらから伝えておくが、できるだけ個人指名の仕事は受けず、スケジュールを空けておいてくれ。それくらいだ。他に質問は？」

他職員への皺《しわ》寄せは考えていないらしい。実にお偉いさんらしい考えだ。

けれど文句を言える相手ではないので、ヴィエラは顔に笑みを貼り付けた。

「いえ、今の段階ではございません」

「では次の連絡をするまで通常業務を続けてくれ。褒賞金は数日以内に振り込むから、後日確認するように。以上だ」

「承知しました。失礼します」

ヴィエラは局長室を出て、廊下の角を曲がってから肩を落とした。

（うぅ……国防の力になれるのは誉だけど、調査チームに参加したら情報漏洩の面から一段落するまで抜けるのは厳しくなる。つまり退職も難しいってことだわ。こうなったら全力で協力して、私の役目を早く終わらせてみせる！）

自分が求められているのは、事件の原因となった魔法式の重ね掛けの部分だろう。直接の犯人捜しは騎士団のインテリ部門の仕事だ。

これまでの知識と経験を総動員させ、退職へのやる気を漲《みなぎ》らせた。

「ヴィエラ先輩、何しているんですか？」

胸元で拳を作っていると後ろから声をかけられた。

ハッと振り向くと、見慣れた赤髪の青年――結界課二班の班長クレメントが、不思議そうな表情を浮かべてヴィエラを見ていた。

ヴィエラが彼と会うのは一カ月ぶりだ。

クレメントは遠征から帰ってきたあと事件の報告に追われて、特別休暇に入るのが誰よりも遅かったと聞いている。昨日まで見かけなかったので、今日が休暇明けなのだろう。

仕事が溜まっているのか、クレメントは片腕に分厚い紙の束をいくつも抱えていた。

「えっと、新しい仕事に対して気合を入れていたところです」

「調査チームの件ですか。その様子は、局長からの打診を承諾したんですね」

「大物の存在を出されては断れませんから」

「アンブロッシュ家が後ろにいるヴィエラ先輩が言う大物……国王陛下が人選に絡んでいたという噂は本当だったわけですか」

「そうなんです」

歩きながらヴィエラが小さくため息をつく一方で、クレメントは苦笑した。

「ヴィエラ先輩には申し訳ありませんが、あなたが魔法付与した装備がまだ手に入りそうで少し安心しました。あ、でも調査チームに参加するなら忙しくて全部は無理か。残念」

「――っ」

ヴィエラは、クレメントから結界課二班が使う装備で個人指名を受けていた。その数はとても多く、特殊な魔法式もあって数カ月前まで残業の連続だった。

だから個人指名で注文があるたびに負担を感じていたのが、遠征後の今は心境が違う。

現場に出たのはたった一日だったけれど、遠征が想像していた以上に大変な任務ということを知った。

今回ヴィエラが向かった結界石の設置場所は馬で行けるところだったが、徒歩で登らなければいけない険しい山道に設置されている場合もある。

そしてスキアマウスより危険な魔物が生息するエリアもあるが、更新しなければいけない結界石がある限り結界課と騎士たちは足を運ばなければならない。

負傷のリスクを減らし、命を守るためには装備や魔道具にこだわるのは当然のこと。

結界課の各班長が、それぞれ気に入った技術課の職員に指名を入れる切実さを、遠征を通して初めて理解したのだ。

しかしヴィエラが調査チームに加入することになったこれからは、クレメントが察している通り、以前のようにすべての注文を受けるのは難しいだろう。

申し訳ない気持ちが出てくる。

「実は、クレメント様の指名注文は嫌がらせだと思っていたんです」

「……あぁ、はい。そう思われても仕方ない数の注文をしていたのは事実です。これまで無理をさせてしまいましたね。すみません」

「そんな！　遠征があんなに大変だって知らなかったんです。個人指名は魔法技術への信頼の証《あかし》だと分かった今、頼ってくれていたと実感して嬉しく思っています。私の魔法を信頼してくれて、ありがとうございます」

「……ヴィエラ先輩は、本当に優しいですね」

クレメントは足を止め、独り言のように呟いた。

数歩先に進んでいたヴィエラが振り向けば、クレメントは彼女の薄紅色の瞳をじっと見つめてきた。

「クレメント様？」

「夜会で祖母の件もあったのに、いつも通り接してくれるのですね」

「……あ」

調査チームや国王のことで頭がいっぱいで、セレスティア夫人が『孫のクレメントと婚約して』と提案してきたことが頭から抜けていた。

あの場にクレメント本人はいなかったが、彼がどこまで関わっているかアンブロッシュ家も分からないと言っていた。

今になって緊張してしまい、ヴィエラは体をわずかにこわばらせた。

「はは！　今思い出したって感じですね。驚いたでしょう？　僕も帰ってきた祖母からヴィエラ先輩に直接会いに行ったと聞かされたとき、予想外のことにとても驚きました」

どうやらセレスティア夫人はクレメントに確認することなく、夜会で婚約の話を進めようとしていたらしい。

やはり血筋や才能が優先され、本人の気持ちは考慮されていなかったようだ。

「クレメント様も大変ですね。侯爵家の跡継ぎとなると、婚約者選びもなかなか自由にはいかないなんて。勝手に私を候補者にされても困るでしょうに、えへへ」

ヴィエラはそうやって笑い話で終わらそうとするが、クレメントは同じように笑ってくれない。いや、彼の顔はほほ笑んではいるのだ。だけれどアンバーの瞳は、感情が一切感じられないほど凪《な》いでいた。

「お忘れですか？　僕がいったんユーベルト家に婿入りし、そのあとヴィエラ先輩の籍をバルテル家に移して、侯爵夫人の座をお渡しすると提案したことを」

「それは、ユーベルト家の事情を心配してくれてですよね？　父が大丈夫だと分かった今、クレメント様が無理する必要はありませんよ」

「でも、あの話が冗談ではなかったのは理解していますよね？　僕は、ヴィエラ先輩がいいのなら、祖母の提案するように動くのもやぶさかではありません。実際に、魔法使いで尊敬している最も身近な女性はヴィエラ先輩ですから、伴侶として理想ではあります」

コツ……とわざとらしく靴底を鳴らし、クレメントはヴィエラに一歩近づいた。

ヴィエラは距離を保つように、背の高い彼を見上げながら一歩下がる。

「セレスティア夫人の言う通りに動くというのですか？」

「さぁ、僕はどうしたらいいと思います？」

また一歩クレメントが大きく踏み出そうとしたので、ヴィエラは彼を避けるように踏み出された足とは逆のほうへ下がった。

けれど、下がったことで壁に背がぶつかってしまう。

ハッとしたときには、ヴィエラは壁とクレメントに挟まれる位置に立ってしまっていた。

遅れて、クレメントに誘導されたと気づく。

こういう困った状況のときに限って、またしても周囲に誰もいない。

ヴィエラがきょろきょろと目を泳がせていると、正面に立つ相手がクスリと笑いをこぼした。

「もっと嫌がらないと」

「――へ⁉」

「僕の祖母はほしいと思ったら物でも人でもお金でも、周囲を利用してまで手に入れる貪欲な方です。僕にこうして詰め寄られた程度で動揺すると知られたら、隙があるからと狙われ続けられてしまいますよ。こういうときは『からかわないで』と、まずは目の前の僕を叱らないと」

思ってもいない助言に、ヴィエラはポカンと呆《ほう》けた。

しかし混乱も落ち着かないうちにクレメントは「あれ？　言えないんですか？」と煽り、逃亡経路を塞ぐように片手を壁についた。

街でたまに目にする、イチャイチャしている男女の図と似すぎではないだろうか。焦ったヴィエラは、自分なりに怒ったような表情を浮かべてクレメントを見上げた。

「私には婚約者がいます。お遊びはおやめください」

「…………可愛いだけですね。誘ってます？」

「ひぇっ、ちょ、ちょっと何を言っているんですか⁉　からかわないでください！」

「そうそう、そうやって本気で言わないと」

納得したようで、ニッコリ笑みを浮かべてクレメントが後ろに下がった。そして何事もなかったように彼は歩き始める。

ヴィエラは鼓動が速くなった胸を押さえながら、小さく安堵《あんど》のため息をついた。

（なんだ、本当にからかってきただけみたいね。本気でセレスティア夫人の意向通りに動く気なら、こうやって注意なんてしてくれるはずないもの。……自意識過剰だったわ）

クレメントがこのまま迫ってくると構えてしまったことが、今になって恥ずかしくなる。

これまでの距離感と比べても、今回は手すら握ってこなかったではないか。

反省と羞恥で、ヴィエラは顔を赤くした。

すると振り向いたクレメントと視線がぶつかった。彼はすぐに鼻で笑った。

「ほら、そんな顔したら駄目ですって。僕にもチャンスがあるのかと勘違いしますよ」

「――これは、違います！　自分の情けなさが恥ずかしくなっただけです！」

「そうでしたか。でも、バルテル家に取り込まれたくなかったら、僕も含めて隙を見せちゃだめですよ。我が一族は諦めが悪いのですから。では僕は用があるので、ここで失礼しますね」

慌てふためくヴィエラを置いて、クレメントは廊下の角を曲がってあっさりと姿を消した。

「なんなのよ……」

クレメントはセレスティア夫人の支持派で提案に乗り気なのか、それとも反対派だから注意してくるのか。全く読めない。

最近分かるようになったと思っていた後輩が、また分からなくなったヴィエラだった。

＊＊＊

「お父様、お母様。新事業の本格的なスタートには間に合わないかもしれませんが、困ったことがあればいつでも連絡してね」

馬車に乗り込んだ両親に向かって、ヴィエラは眉を下げた。

今日は一週間の滞在を終え、両親がユーベルト領に帰る日。

出勤前に、ルカーシュとアンブロッシュ公爵夫妻と一緒に見送るところだ。

エマは先に学園の寮に戻っている。

「ありがとう、ヴィエラ。新事業については、進捗があり次第共有できるよう手紙を送るよ。しかし、ヴィエラは自分のことを一番に気にかけなさい。お前も新しい役目をいただいて大変だろうが、無理するんじゃないよ」

「はい、お父様」

次にトーマスは、娘の後ろに控えるルカーシュへと視線を向けた。

「大変お世話になりました。ルカーシュ殿、大したおもてなしはできませんが、またいつでもユーベルト領に来てください。そして、引き続き娘のことをよろしくお願いします」

「もちろんです。またヴィエラと一緒にユーベルト領に行ける日を楽しみにしています」

本心なのだろう、ルカーシュは爽やかな笑みを浮かべてしっかりと頷いた。

それにはヴィエラの両親も顔を綻《ほころ》ばせる。

ルカーシュも両親も大好きなヴィエラとしては、両者の良好な関係は嬉しい。

こうして両親がアンブロッシュ公爵夫妻にもお礼を伝えると、馬車はユーベルト領に向かって公爵邸をあとにした。

「いっちゃった」

見送って数分も経っていないのに、両親との別れにヴィエラは寂しさを感じてしまう。

家族四人で食事をしたのは数年ぶりだったし、一週間以上一緒に過ごせたのはヴィエラが王都に進学して以来約八年ぶりのこと。

成人して独り立ちした気分でいたが、まだ子どもだったらしい。

わずかに俯《うつむ》いていたヴィエラの背に、婚約者が手を添えた。

「ルカ様……」

「互いにまとめて休暇が取れたら、ティナに乗ってまた行こう。新居の改装の進捗も気になるし、完成したら引っ越す前に確認しておきたいだろう？」

ユーベルト領に引っ越した際は、元民宿を改装した家に住むことになっている。改装資金はルカーシュが前払いしているが、実物を見ずに王都に戻ってきてしまっていた。

一応トーマスが改装後のイメージ図を今回持ってきてくれて、寝室や客室、台所や仕事部屋など説明してくれたがほとんどお任せ状態。

イメージを見た限りでは、客室もしっかり確保された素敵な間取りになっている。

だが実際に住み始める前に、一度は確認しておきたいのが本音だ。

「ありがとうございます。助かります」

「礼ならティナにしてくれ。頑張るのは彼女だから、ブラッシングしてあげると喜ぶはずだ」

「それなら今度ティナ様に新しいブラシを作ろうかな。前に読んだ本に、抵抗軽減の魔法式が載っていたので、ブラシに応用したらより艶やかな毛並みが実現するかもしれません。そうしたらもっと美しくなるのでしょうね」

ルカーシュの相棒アルベルティナはグリフォンの雌で、人間の心を察してくれるほど賢い。常に毛並みを気にかける素振りをすることから、美容にも興味を持っていそうだ。ツヤツヤ、ふわふわになれば喜んでくれるだろう。

（ティナ様のサイズに合わせてブラシ部分は大きめにして、持ち手も工夫したほうがいいわね。そうなったら魔法式も改変して――ん？）

真剣にブラシ作りの魔法式をイメージしていたところ、皆が子犬を見るような温かな目でヴィエラを見ていることに気がついた。

何か変なことをしただろうかと、ヴィエラはルカーシュを不安げに見上げた。

「えっと」

「ヴィエラは可愛いな、と」

「――っ!?」

突然真顔で何を言い出すのか。ルカーシュから可愛いだなんて……。

それだけでも驚きなのに、未来の義両親や使用人がいる前で堂々と言った。

一応ヴィエラも恋する年頃の令嬢。お世辞でも気持ちは舞い上がってしまう。

ヴィエラの顔は、あっという間に真っ赤になった。

「グリフォンは神聖視されているが、贈り物について眉間に皺を寄せてまで真剣に考えてくれる人は少ない。遠征前のリボンのブローチもだが、そうやってティナへの贈りものについて考えてくれる姿がほほ笑ましいなと思って」

「ティ、ティナ様には、いつも良くしていただいていますから」

「うん。ヴィエラはそのままでいてくれ」

ルカーシュの言葉にアンブロッシュ公爵夫妻のみならず、使用人まで頷いている。

よく分からないが、自分を肯定されるのは悪くない気分だ。

照れで熱くなってしまった顔を冷まそうと手で扇《あお》いでいると、もう寂しい気持ちは消えてしまっていた。

(ルカ様は私を元気づけようと、わざと可愛いなんて言ってくれたのかしら。確かに、いろいろと吹っ飛んだわ。やっぱり優しい人……。早くルカ様が望む穏やかな生活を送れるようにしたいな。私の仕事の事情で帰郷が遅くならないよう仕事を頑張らないと)

扇いでいた手をぎゅっと握って拳を作った。

すると、アンブロッシュ公爵が呆れたようなため息をついた。

「このような純粋な若者を利用するなんて、国王陛下も戯れがすぎるな。相変わらずというか」

同じようにヘルミーナも悩ましげに自身の頬に手を添えた。

「王妃殿下に探りを入れてみたけれど、国王陛下はルカの引き留めに利用しただけでなく、ヴィエラさん本人を気に入った可能性も高いわ。今になって興味を示したように、ヴィエラさんについて王妃殿下からいろいろと聞かれたの。きっと国王陛下が王妃殿下に、優秀な若手が増えたと自慢話でもしたのでしょう」

「セレスティア夫人だけではなく、国王陛下にも目を付けられたか。一番の懸念はふたりが結託し、ルカとヴィエラさんを破談させ、ルカが王都に留まるよう誘導し、ヴィエラさんをバルテル家に嫁入りさせる流れだ。思い通りにさせるつもりはないが、まずは企《たくら》む隙がないことを相手に示さなければ」

「セレスティア夫人から国王陛下に協力を仰ぐ気配はないけれど、油断は禁物ね。王宮内外関わらず、ヴィエラさんは我が家の身内だともっと強くアピールしないと」

アンブロッシュ夫妻の視線がヴィエラに向けられる。そして頭からつま先まで確認したあと、ルカーシュに視線を向けた。

「ヴィエラさんに贈った物はイヤリングだけか？」

「今のところは。想定より効果が薄いので次の手を、とは思っているところですが……」

最高級の宝石、ピンクダイヤモンドでも物足りないという親子の会話を聞いたヴィエラの口からは、「ひぇ」と情けない悲鳴が飛び出した。

慣れてきたとはいえ、耳が精神的に重い事実は変わらない。

もしこれ以上に高級な物を常に身に着けろと言われたら……と想像して、ヴィエラは震えあがった自身の体を抱き締めた。

ルカーシュが苦笑いを浮かべる。

「でもこれ以上高価な物を贈ったら、ヴィエラが挙動不審になり、俺が彼女に強要していると思われかねません。不仲の噂が立ってしまったら、それこそセレスティア夫人が大胆になる可能性があるかと」

「うーむ。夜会でルカとお揃いの高級ドレスを着させる作戦も何度も使えないか」

「お金はいくらでもあるのに、困ったわね。アンブロッシュ家がヴィエラさんに貢いでいる姿を見せて、ルカだけではなく、わたくしたちも可愛がっていると知れば横槍も入れにくいと思ったんだけれど」

アンブロッシュ親子は、揃って美しい顔に憂いを浮かべた。

ヴィエラとしては、精神面の負担を回避してくれようとしてくれることは嬉しい。

一方で、作戦を潰してしまっていることへの罪悪感も芽生える。

(仲の良さを見せればいいんだよね？　王宮勤めの人だけでない、貴族も含めて。そして私がアンブロッシュ家と良好な関係だと、貢いでいるように見せたいか……。そうだわ！)

アンブロッシュ家が望む、お金を使いつつ、ヴィエラが高級品を身に着けずに済む方法がひとつ思い浮かんだ。

「あの、買ってほしいものがあるのですが、提案を聞いていただいてもよろしいでしょうか？」

そうして伝えた作戦に、ルカーシュとアンブロッシュ公爵夫妻は喜んで賛成してくれた。

＊＊＊

王都の貴族居住エリアと街の中心部の間には、華やかな商店街があった。そこには王宮勤めの高給取りや貴族御用達の洋裁店や宝石店、高級レストランに美容サロンが並んでいる。

以前ルカーシュがヴィエラに贈ったピンクダイヤモンドも、このエリアの宝石店で購入した物だ。

予定を合わせて早めの退勤をしたヴィエラとルカーシュはこの日、制服のまま手を繋いで目的の店に入った。

お店の中はテーブルや食器棚など、あらゆる木製家具が並んでいる。

どの家具も艶が美しく、洗練されたデザインをしていた。

素人目でも品質の高いものだと分かる。

ふたりを出迎えたパリッとしたスーツが決まっている男性店員は、ルカーシュを見るなり大きく開いた目を輝かせた。

「こ、これはルカーシュ・ヘリング様！　わざわざお越しくださるなんて、本日はどうなさいましたか!?」

国の英雄の来店とあって、貴族の接客に慣れているだろう店員でも興奮が隠しきれていない。

頬を上気させ、うっとりとルカーシュを見つめている。ヴィエラのことが目に入っていない様子だ。

それを察したルカーシュはヴィエラの肩を抱くと、しっかりと自分に引き寄せた。

「結婚に向けて、新居に置く家具の相談をしようかと。俺の婚約者のユーベルト嬢は煌びやかなものよりも、落ち着いたデザインが好みらしい。ここは木製家具のオーダーメイドが評判と聞いたから立ち寄らせてもらった。な?」

ルカーシュが甘い視線をヴィエラに向けると、つられるように男性店員の視線もヴィエラへと移る。そして英雄に力強く抱かれている肩を確認し、男性店員は恭《うやうや》しく腰を折った。

「本日はご来店ありがとうございます。ユーベルト様のお気に召す品をご紹介できるよう、誠心誠意ご案内いたします」

「ありがとうございます。よろしくお願いします」

ヴィエラは淡く頬を染めたまま、軽く頭を下げた。

すると男性店員はますます目を輝かせ、納得したように頷いてルカーシュを見上げた。

「可愛らしい婚約者様ですね」

「そうだろう? だから甘やかしたくてね。家具は俺よりも、できるだけ彼女の希望に合わせたいんだ」

ルカーシュが見本のような笑みを浮かべて言い切ると、男性店員も店内にいた他の客——貴族も「ほぅ」と感嘆のため息を漏らした。

ルカーシュの麗しい容姿は、男女関係なく魅了するらしい。

ちなみにヴィエラは恥ずかしさで叫ばないようにするので精一杯だ。

(自分で提案した作戦だけれど、想像以上に恥ずかしいっ！　遠征の帰還のときよりはマシ、抱き締められた姿を見られたときよりはマシ、逃げ場がないときよりはマシ！)

顔が真っ赤にならないよう、もっと恥ずかしい思いをした過去と比較する。ヴィエラが考え、アンブロッシュ親子に提案した作戦は実にシンプルだ。

新婚生活に使うものを、ふたり仲良く購入する姿を見せて、『ルカーシュとヴィエラの仲は非常に良好で、結婚にとても前向き』と周囲に知ってもらうというもの。制服で来店したのも、ルカーシュとヴィエラだと分かりやすくするためだ。

狙い通り、他の客はふたりに注目している。

その上、いつも無表情で怜悧《れいり》な雰囲気を纏うルカーシュの表情が非常に柔らかい。

後日、職場や夜会で『英雄が心を開いていることから隙がない』と話題にしてくれるだろう。

(よし、話題作りはもう十分のはずだわ)

ヴィエラはそっと肩からルカーシュの手を下ろし、代わりにその手を握った。

「早く、どんな家具があるか見てみたいです」

「そうだな。店員よ、引っ越し先は田舎領地になる予定だ。土地柄に合った落ち着いたデザインの紹介を頼みたい」

「かしこまりました。まずはこちらのお席にどうぞ」

王都からユーベルト領に移動する意思を示しつつ店員を促すと、まずはカタログを見せてもらえることになった。

このお店は店頭に並んでいる既製品も購入できるし、木の種類から選べるオーダーメイドも取り扱っている。値は張るが部屋に統一感が出るため、基本的に貴族はオーダーメイドを選択すると説明される。

値段を見たヴィエラの腰が引けるが、公爵家三男ルカーシュも日常で使うものだ。

これは大切な婿入り道具。それに予算もアンブロッシュ家からしっかりいただいている。

当然のように始まるオーダーメイドの説明にしっかり耳を傾けた。

「キャメル系の色とホワイト系の木材が人気ございますが、ご希望はお決まりですか？」

「俺はどちらでも。ヴィエラは？」

「うーん、強《し》いて言うならキャメル系ですかね？」

ホワイト系は可愛らしくそそられるが、汚れが目立ちそうだ。長く使うことを考えたら、手入れがしやすいほうがいいだろう。

「ではアンブロッシュ公爵家のお屋敷に、このようなサンプルをお送りしますね。お屋敷に帰ってから、おふたりでご相談くださいませ」

店員がテーブルの上に、角が丸められた木材のサイコロをいくつか置いた。キャメル色でも八種類くらいある。色の深みも違えば、木目の濃さも違う。

これは悩みそうだ。

ゆっくり考えられるよう配慮された店員のスマートな営業に感心しながら、次は実物の家具を見せてもらう。

引っ越し先に家具はひとつもない。全部揃える必要があり、クローゼットにチェスト、ダイニングテーブル、ソファなど全て確認していく。

ただ貴族御用達の家具店だけあって、どれもオシャレで目移りしてしまう。

「ヴィエラ、気に入ったのがありそうか？　悩んでいるようだが」

「どれも素敵すぎて、私も一緒に使っていいのか心配になってきました。あ、あのチェストの足、猫足ですよ。可愛い……。あ、でもルカ様が使いにくいですね」

「ヴィエラ専用にすればいいじゃないか」

未来の義両親からいただいた予算は、婿入り道具を購入するためのものだ。ルカーシュに使うべきで、共有するならともかくヴィエラ個人のためには使う気にはなれない。

それを店員の前では言えないため、首を緩く横に振った。

「いいえ、一緒に使えるものを選びましょう。ね？」

「細かいものまで俺に合わせる気か？」

「だって、ルカ様が過ごしやすい場所にしたいじゃないですか。一番重要なことですので、譲れません」

新居は改装して見た目こそ綺麗になるが、アンブロッシュ公爵家ほどではない。

それにユーベルト領の街は小さく、出かける場所も少ない。

冬になれば雪が降り、さらに家の中で過ごす時間も増えるだろう。王都の生活と比べたら不便な土地だ。

あらゆる贅沢を手放し、辺境の地に来てくれるありがたい婿様を優先するのは当然。

そう思いながらヴィエラは力強い決意を瞳に宿し、ルカーシュを見上げた。

「ヴィエラに大切に思われている俺は幸せ者だな」

ルカーシュはブルーグレーの瞳を細め、顔を綻ばせた。

演技ではない、自然に出たくしゃっとした可愛い笑みだ。

ヴィエラが一番好きな表情に、胸の奥では祝福の鐘が鳴る。この笑みが見られるのなら、どんな大変なことも頑張れそうだ。

すると離れたところから「あぁ」という女性の弱々しい黄色い声と、「大丈夫ですか!?」と慌てる店員の声が聞こえてくる。

美形英雄の破顔の笑みは、繊細な令嬢や夫人には刺激が強かったらしい。数名ほど倒れてしまったようだ。

担当の男性店員が慌てて、上機嫌のルカーシュを他の客から離すために奥へと誘《いざな》う。

そこはベッドのコーナーで、もちろん生活には必要不可欠なのだが……。

「新婚のご夫婦が選ぶベッドは大きく二パターンありまして、シングルをふたつ並べる場合と、幅の広いベッドひとつを共有する場合がございます」

「一般家屋にも置ける大きめのベッドをひとつで」

ルカーシュが、きっぱりと言い切った。

ここまでヴィエラに「どれがいいと思う？」と紳士的でレディーファーストを通していたというのに。

「いいよな？」

ルカーシュが「イエス」以外の答えはないと、信じ切った眼差しをヴィエラに向けた。

（そっか。結婚するから寝室は一緒で、寝るのも一緒……。この美丈夫と、一緒？）

イマイチ想像がつかない。

だがこれは現実だ。あまり考えてこなかった夫婦のあれこれがあると今になって意識し、ヴィエラの鼓動が加速する。

野営で互いの寝顔を少しだけ見たのとはわけが違う。

夜から朝まで、この麗しい顔が隣にある。夫婦になったのなら、当然見るだけでは終わるはずもない。

ヴィエラの脳裏には、一度見たことのあるルカーシュの上半身が浮かんだ。鍛え上げられた肉体は均整が取れており、彫刻のように逞しかった。

(あれを再び見ることに……⁉)

そこで思考が停止してしまったヴィエラの耳元にルカーシュは顔を寄せ、彼女にだけ聞こえる声量で囁いた。

「駄目?」

「——っ‼」

おねだりをするような、甘えるような言い方はずるい。

ヴィエラはルカーシュのこういう面に弱い自覚があった。

未来の婿様に可愛くお願いされて、抵抗できる婚約者はいるだろうか?

いや、いない。

その上、ツボを的確に押されたあとの抵抗するすべをヴィエラは知らなかった。

囁かれて三秒後、ヴィエラは「店員さん、屋敷にダブルサイズ以上のベッドのカタログをすべて送ってください」と、神妙な表情を浮かべて注文した。

そのあと別の家具へと移ってもルカーシュは上機嫌でほほ笑んでおり、男性店員は他の客と接近しないよう苦労したのだった。

家具を見終えたヴィエラたちは、近くにある老舗のカフェで一息つくことにした。

ルカーシュが案内してくれたのは、こぢんまりとした二階建ての店だった。

用意された席は二階の個室で、誰かに見られたり会話を聞かれたりする心配はない。

ふたりは小さめの丸テーブルに向かい合って座った。夕食の時間が近いためケーキは頼まず、おすすめされた日替わりの紅茶だけ口にする。

「わ、美味しい」

桃の甘い香りがヴィエラの鼻腔を通り抜ける。

けれども味わいは甘さ控えめで、すっきりとした口当たりだ。

家具店で人の視線を受け、緊張でこわばっていたヴィエラの体から力が抜ける。

ルカーシュは、ヴィエラと同じ紅茶を口にしながら苦笑した。

「今日は疲れたみたいだな」

「人に注目されるとドキドキしちゃいますね。引きこもりにはハードでした。いつも堂々としているルカ様はやっぱりすごいですよ」

「慣れだな。顔が知られているから王宮内のどこに行っても注目されるし、相手も堂々と見てくるから緊張していたらキリがない。まぁ、誰かさんは例外だったようだが」

「うっ」

痛いところを突かれ、ヴィエラは紅茶を吹き出しそうになる。

初対面の夜、どうしてルカーシュが神獣騎士の団長だと気づけなかったのか。明らかに彼は目立つ容姿で、名前まで名乗ってくれたのに……。改めて、自分でも信じられない。

ルカーシュは、生まれも地位も圧倒的な格上。

そんな人に対し酔っ払いながら絡み、求婚までしたのだ。無礼を働いたとして、怒られてもおかしくなかった。

誰がどう見ても、ルカーシュの人の良さと器の大きさに救われたとしか言いようがない。

「あのときは大変失礼をいたしました。許してくれたルカ様はまさに神様です」

「大げさな。俺としては初めて遭遇したタイプの令嬢でかなり面白く、楽しませてもらったよ」

「なるほど、面白い女枠！　物語の世界だけの話かと思っていました」

なぜルカーシュが自分のことを好きになってくれたのか、ずっと気になっていたが謎が解けた。

ここ最近彼は『可愛い』と言ってくれて、それを嬉しいと思いつつも好きになってくれた理由とは思えなかった。

しかし『面白い女』と言われると腑に落ちた。

麗しい殿方の前でも恥じらうことなくウイスキーをストレートで呷《あお》り、愚痴を言いながら絡み、やけくそでプロポーズする令嬢は他にいないと自負できる。

納得したヴィエラは「うん、うん」と頷いた。

「ヴィエラは面白い女だから俺が惚れたと思っているだろうが、違うからな？」

「えぇ⁉　他に私の魅力ってあります？」

腕を組んで考えてみるが、何もない。貧乏でお金はないし、童顔で美人でもない。

仕草はお淑《しと》やかさから遠く、オシャレにも疎い。

魔法には少々自信があるものの、ルカーシュが魔法に強い興味を持っている様子はない。

答えが見つからず、皺が寄ったヴィエラの眉間にルカーシュの人差し指がトンと当たった。

「ヴィエラが可愛いからだよ」

納得できない答えが返ってきた。

いつもなら恥ずかしくなるのだが、今回はわけの分からなさから眉間の皺が取れそうにもない。

ルカーシュは小さく笑いをこぼしてから、指先をヴィエラの眉間から頬に滑らせる。そしてブルーグレーの瞳を細め、口元に美しい弧を描いた。

余裕ある笑みに、ほんのり熱を帯びた眼差しが妙な色気を感じさせる。

「君の容姿も性格も、俺はとびきり可愛いと思う」

「――な、なななななな」

「その初々しい反応も可愛くて仕方ない」

容赦なく降りかかった砂糖に生き埋めになったヴィエラは窒息しそうになる。

頬に添えられていたルカーシュの手から逃れるように、背を反らした。

心臓が痛いほど強く鼓動している。

異性からこんなに熱が込められた眼差しを向けられ、『可愛い』と言われたのは人生初めて。

しかも、好きな人から言われる可愛いは衝撃が強すぎた。

(こんな私を可愛いと言ってくれるなんて……!)

嬉しくて、幸せで――でも供給量が多すぎる。

胸にも頭にも熱が集まりすぎたせいで、クラクラしてしまいそうだ。

「真っ赤になって、本当に可愛いな。でもこれくらいストレートに言わないと、ヴィエラは本気に思ってくれないだろう?」

熱い視線に、真っすぐな伝え方。ヴィエラの鈍感さを知った上での、狙った行動らしい。

ヴィエラは自分の鈍さには自覚があるため、ハッキリと文句は言えない。

できるとしたら……。

「あの、もう少々色気を控えてくれませんか? 家具店での令嬢たちのように目眩《めまい》を起こしそうです」

「色気? 特に意識してないが……ヴィエラが倒れてしまったら困るな」

本当に無意識だったらしく、ルカーシュは眉を寄せて困惑の表情を浮かべた。

その表情すらも麗しい。

「まさかの標準装備。その顔、厄介ですね」

「俺の顔は嫌いか?」

「逆ですよ。ルカ様の容姿は最高水準ですからね。私が会ったことのある人の中でも、一番格好いいです。かなり好きな顔です。だからその顔で色気を出されたら困るんですよ」

有名な劇団の舞台俳優でも、ルカーシュほど優れた容姿の男性はなかなかいないだろう。

素直に称賛すれば、予想外の反応が返ってきた。

「この顔が、君の好みのようで何よりだ」

顔がいいと言われ慣れているはずのルカーシュが、ティーカップへと視線を落とし、ほんの少しだけ耳の先を赤くした。そして、ごまかすように紅茶に口を付ける。

いつも余裕の態度で翻弄してくる彼のこんな姿は珍しい。

ルカーシュの照れた様子に、ヴィエラの胸はきゅんと高鳴ってしまう。

（ルカ様が……可愛い！　すごく可愛い!!　可愛いと思うと相手を抱き締めたくなる気持ちが、今ようやく分かったわ）

ルカーシュがやたらとヴィエラの肩や腰を抱き寄せて腕の中に収めたり、遠征の帰還で抱き締めて帰ることにこだわったりした理由が今なら理解できる。

なお、自分のどこが可愛いかはいまだに分からないが。

（次に可愛いと思ったときは、私からルカ様を抱き締めてみようっと。そして恥ずかしくても、ルカ様から抱き締めてもらったときは逃げないように頑張ろう）

決意を固めるため、ヴィエラは冷めないうちに紅茶を飲み干した。

空《から》になったカップをソーサーに置いて窓を見れば、空がオレンジ色から紺色の世界へと姿を変えようとしていた。

「ヴィエラ、帰ろうか」

ルカーシュが立ち上がり、ヴィエラに手のひらを向けた。

そこに手を重ねれば、大きな手に包み込まれる。

肘に手を添えるエスコートより相手が近く感じられるのは気のせいだろうか。

ヴィエラの口からは、無意識に「ふふ」と笑みがこぼれた。

「どうした？」

「恋人と一緒に買い物をして、お茶を飲んで、手を繋いで帰る――今日は緊張で疲れたところもありますが、デートみたいで楽しかったなって」

「俺はそのつもりで喫茶店に誘ったんだけどな。今度は作戦とか関係なく、純粋なデートをしよう」

「はい！　あ、でもルカ様って忍べます？」

王宮でも高級商店街でも、周囲はすぐにルカーシュの登場に気づいて注目した。

気づかれてしまったらヴィエラは緊張してしまうし、ルカーシュも素で楽しめなそうだ。

「もちろん変装するさ。ウィッグに眼鏡、地味な服を用意すればどうにかなる……と思う」

「眼鏡のルカ様、素直に見たいです。窓ガラス向けだったかな？　表と裏でガラスの色が変わって見える魔法式があったはずなので、眼鏡に応用できないか調べてみますね。瞳の色が違えば、印象も変わるでしょうし」

「面白そうだな。頼めるか？」

「はい！」

今から次のデートが楽しみで、自然と顔が綻んでしまう。

ふたりは指を絡めるように手を繋ぎ直し、変装の打ち合わせをしながら馬車で屋敷に向かった。

ちなみに帰路についたときには、すでに木材サンプルとカタログが届けられていた。家具店の仕事の早さと丁寧さから、安心して注文できそうだ。


そして食後、アンブロッシュ公爵夫妻に今日の作戦の報告を兼ねて、サロンでカタログを皆で囲むことになったのだが……。

「すっかり新婚生活の準備を進めているけれど、ヴィエラさん。ルカにご褒美はプレゼントしたの？」

ヘルミーナが、ふと思い出したようにカタログのページを捲る手を止めた。

「プレゼント、ですか？」

「ふふふ、サロンで約束したじゃない。勝敗が知りたいわ」

「はっ！」

ヴィエラはルカーシュの遠征中に、ヘルミーナと賭けをしていたことを思い出した。

厳しい遠征で頑張ったルカーシュへのご褒美に、ヴィエラからキスを贈るというものだ。

それでルカーシュが喜べば『ヴィエラのことが好き』と予想したヘルミーナの勝ち、嫌がれば『さすがに恋愛対象とは思っていない』と予想したヴィエラの勝ちになるという内容。

他のことで頭がいっぱいで、報告するのをすっかり忘れていた。

「……ヘルミーナ様の勝ちでしたっ」

「ふふふ、やっぱりそうでしょう？」

ヴィエラは負けを悔しがるように項垂《うなだ》れ、ヘルミーナは自身の両手を合わせて喜んだ。

ヴィクトルも、小さく肩を揺らしながらブランデーのグラスを傾ける。

ただ、分かっていない人物が一名だけいた。

「俺のご褒美と勝ち負けって？」

「あら、ルカったらヴィエラさんから教えてもらってないの？　実はね――」

そして母親から説明を受けたルカーシュは「へぇ」と言って、不敵な笑みをヴィエラに向けた。

ヴィエラの背筋に、寒気が走る。

「ル、ルカ様？　怒ってます？」

「怒ってないさ。君からキスしてくれるほど、俺のことを好きになってくれたのだと喜んだのに、自発的なものではなかったのが少々残念だっただけだ。本当に、本当に少しだけね」

『少々』というレベルでないくらい、ルカーシュの言葉には棘が含まれているように聞こえる。

一見冷たい眼差しも、瞳の奥では何かしらの感情を燃やしているのかギラギラとしているのが窺える。

怖いのに、ヴィエラは視線を逸らすことができない。

プルプルと小さく震えながら、「ごめんなさい」と謝った。

「だから怒ってないって。ただ、どんな願いを叶えてもらおうかなって考えているだけだから」

負けたほうがルカーシュの気持ちを読み間違えた罰として、願いを聞くことになっている。

その願いがどんなものか聞くのが怖いが、約束は守らなければいけないだろう。

「私は何をすればよろしいでしょうか」

「今は保留だ。一番有効なときに権限を使わせてもらう。タイミングくらい選んでもいいよな？」

つまり、軽い願いをするつもりはないということだ。

怖いし、非常に厄介な予感がしてならない。

だが敗者が逃げることは許されない。

観念したヴィエラは、苦しげに頷いた。

「楽しみだね？」

そう言ってルカーシュは、とびっきり無邪気な笑みを浮かべたのだった。

＊＊＊

結界の魔法式は〝完璧な式〟と言われていた。

魔物が嫌う特殊な振動の式と、重ね掛けしにくいよう保護の意味を持つ式を組み合わせた複合式で成り立っている。

直接付与法でしか起動させられず、魔法使いには高い技術が求められるが、一度起動すれば安定的に稼働し続ける便利なものだ。

また保護の式が特に複雑で、王宮魔法使いレベルの腕がないと魔法式に干渉できないようにもなっていた。

結界石の更新の際には解除専門の魔法使いが不可欠。

それほどまでに結界の魔法式の守りは厚い。

しかし東の地方で見つかった結界石は、結界の魔法式を解除せずに魔物寄せの魔法式が上書きされていた。

発想も技術も並大抵の魔法使いではあり得ない領域。

つまり犯人は、王宮魔法使いに匹敵するレベルの腕を有しているということだ。

もし二度目が同時に複数の場所で引き起こされてしまったら……と魔法局は危機感を覚え、一部の王宮魔法使いに新しい魔法式の開発を命じた。

先日その開発メンバーにも選ばれてしまったヴィエラは、魔法局の会議室で開発課の男性魔法使いフランの説明を聞きながら心の中で深いため息をついた。

（事件の解決どころか、このまま新しい魔法式が完成するまで本当に退職できないんじゃ……？）

いつもヴィエラがやっている、既存の魔法式をアレンジして魔道具を開発するのとはレベルが違う。

本件は開発課が全力を挙げて取り組む世界の話だ。ゴールがいつになるのか、見当がつかない。

そもそも、最初は事件の調査のために呼ばれたはずだ。

魔法式には書き込み付与法なら筆跡、直接付与法なら式の繋ぎ目に個性が出る。

その解読をヴィエラが手伝い、その個性から犯人候補を絞る――というのが当初の任務だったのに、全くその話題は出てこない。

あんまりだ。

そんなヴィエラの心情に気づかないまま、フランは説明を続ける。

「ということで私たち開発課が新しく構築した魔法式は、他の班員でも付与可能な式でなければなりません。その前段階として結界課のクレメント班長には付与実験をしてもらい、技術課のヴィエラ様には解除しにくい式になっているか検証のご協力をお願います」

そう、開発メンバーにはクレメントも加わっていた。

クレメントと間近で顔を合わせたのは、謎の注意をされたあのとき以来。

どう接すればいいのか戸惑うヴィエラに対し、隣の席に座っていたクレメントは爽やかな笑みを向けた。

「ヴィエラ先輩、一緒に頑張りましょうね」

「……はい。頑張りましょう」

「事件には腹が立ちましたし、本来こう思うのは不謹慎なのかもしれませんが、先輩の解除技術が間近でたくさん見られることは楽しみです」

拍子抜けするほど普通の態度だ。

遠征前と変わらない、魔法に関心が強く人懐っこい後輩のまま。

先輩と後輩という関係に居心地の良さを感じていたヴィエラは、それが壊れていなそうなことに密かに安堵する。

気分が浮上したところで、フランが質問を彼女に投げかけた。

「ヴィエラ様の解除能力は技術課で培われたものだと思うのですが、他の職員と何か違うことを?」

「付与に失敗した高級素材がもったいなくて、あらゆる魔道具を解除し続けてきたんです。そうしているうちにコツを掴んできて、だいたいは感覚で解除できるようになりました。ドレッセル室長に聞いたら、こんなことしているのは私だけのようで……あはは」

信じがたいことではあるが、ドレッセル室長いわく、ヴィエラが退職すると二割の損失が生じるらしい。

自分が辞めたあとの、素材が再利用できないことによる技術課の利益減少が心配になる。

今からでも、解除魔法が得意な若手職員の育成をドレッセル室長には頑張ってもらいたいところだ。

「なるほど、解除経験では群を抜いていると。ヴィエラ様にも解除するのが難しいと思わせられる魔法式ができたら、犯人も今後は手だしできないでしょうね」

フランが頷いていると、クレメントが渋い表情を浮かべた。

「しかしフラン殿。結界課の解除専門の職員まで解除に手こずるようなら、安定した更新作業が難しくなります。保護魔法の解除の鍵になる、逆算の魔法式も用意できませんか？」

「逆算魔法ですか。それを用意すると、鍵となる魔法式が漏洩したときに悪用される可能性があります。これまでのようにベテランが実際に解除を見せ、担当者にコツを教えていくほうが良いかと。問題は、教えられそうな魔法使いが限られてしまうことですが……」

フランとクレメントの視線がヴィエラに向けられた。

「私、いつ辞めるか分からないんですよ。魔法使いの育成まで引き受けられるようには思えませんが？」

ニッコリと笑みを浮かべて、見逃してほしいと願う。

あわせるようにフランも笑みを浮かべる。

「まぁ、その問題はおいおい、魔法局内で相談しましょう。まずは新しい結界の開発です。私たち開発課はすでにいくつか候補を出していて、近いうちに王都の隣町に実験合宿遠征をしようと計画中です」

「「遠征？」」

ヴィエラとクレメントの声が重なる。

フランいわく、実験では魔法付与と解除を何度も繰り返さなければならないらしい。失敗も考え、すぐに素材が確保できる結界石の製造工場の近くに決めたようだ。

たっぷりデータを記録するためにも、初回の実験遠征の期間は一週間が見込まれている。

ただ遠征と言っても、今回はホテルに宿泊するようだ。食事が美味しいと評判で、ランドリーサービスも付いている。

それを聞いたヴィエラは目を輝かせた。

「ヴィエラ先輩、喜んでいませんか？」

「だって、ホテルの中でもランクが高いところですよ。食事が美味しいんですよ？」

食事は元気の源だ。今からどんなメニューがあるかワクワクしてしまう。

一方でクレメントは遠くを見て、苦笑いを浮かべる。

「それはそうなんですが、僕たち結界課の地方遠征も手厚くしてほしいものですよ。立地上難しいのは分かっているのですが……差別がすぎる」

使命感たっぷりに『鍛えないと』と言っているクレメントも、遠征はやはりつらいらしい。愚痴に恨み節が込められていた。

それでもクレメントをはじめ結界課の魔法使いの離職率は低い。

最初から魔法局の花形としての誇りと覚悟をもって試験に挑むため、合格者は怪我と年齢以外の理由で引退することがほぼないのだ。

「クレメント様、今回は野営の遠征じゃないことを喜びましょう！」

雰囲気を変えるようヴィエラは励ますが、クレメントの表情は晴れない。

むしろ、呆れの色が濃くなったように見える。

「ヴィエラ先輩は、今からルカーシュさんへの遠征の説明方法を考えたほうがいいですよ」

「きちんと全部説明しますよ。屋敷のお部屋も借りていますし、不在をお知らせしないと」

そうヴィエラは元気よく答えるが、どうしてか後輩は「僕は、忠告しましたからね」と言って憐れみの表情を向けた。


その日の夕方。

ヴィエラはアンブロッシュ邸の厩舎でルカーシュとアルベルティナの帰宅を出迎えた。

最近ヴィエラが調査チームの仕事で退勤時間が不規則なのと、ルカーシュが引退に向けて裏でいろいろと動いているため、ふたりの帰宅は別々となっている。

ヴィエラの帰宅が早いときは、こうやって厩舎で待つことが多い。

目の前でアルベルティナがふわりと着陸した。彼女の背に乗っているときは衝突するような勢いに感じるが、実際は非常に軽やかな着地だ。

「ルカ様、ティナ様、おかえりなさい！」

ヴィエラが笑顔で出迎えると、ルカーシュの顔が綻んだ。

「ただいま」

「キュルー！」

アルベルティナも元気に返事をしてくれる。そしてルカーシュが背から降りると、ヴィエラに鷲の頭を突き出した。撫でろということだろう。

ヴィエラは力いっぱい、ふわふわの羽毛をわしゃわしゃと撫でた。「キュルキュル」と可愛らしい声が聞こえる。

「ティナ様、今日もお疲れ様です」

「キュル」

アルベルティナが首の角度を少し変える。

「耳の裏ですね。どうですか？」

「キュルゥ」

「良さそうですね。えへへ、私も気持ちいいです」

獰猛《どうもう》そうな厳《いか》つい見た目とは逆に、触り心地は繊細で軽やかだ。日頃からルカーシュが丁寧に手入れをしている証だろう。

ヴィエラは、手のひらや指の間でふわふわとした滑らかな羽毛を堪能する。

「契約していないのに、ヴィエラとティナはすっかり通じ合っているな」

ルカーシュが外した装備を厩舎の壁に片付けながら、そんなことを言う。

「だってこの数カ月、ほぼ毎日顔を合わせていますし。ねー？　ティナ様♡」

「キュルー♡　キュ、キュル」

「あ、次は顎下ですね。わっ、やっぱりここが一番ふわふわぁ♡」

「キュルルル♡　キュル？」

「翼の裏もですね。ふふ、気持ちいいですか？　はぁ〜ティナ様最高です。私もすごく、すごく気持ちいいです♡」

「キュルキュル♡」

「……待て。どうして相棒や婚約者の俺を差し置いてイチャついているんだ？」

片付けを終えたルカーシュは、不服そうに片眉を上げこちらを見ていた。

アルベルティナの契約者、ヴィエラの婚約者として自分がそれぞれの一番でいたいらしい。

子どものような傲慢さを感じるそれは、なんて可愛いらしい嫉妬だろうか。心がくすぐられる。

ヴィエラはアルベルティナと目を合わせて頷いた。

アルベルティナがルカーシュの胸元に頭を突っ込み、ヴィエラは彼の後ろに回って背中から抱きついて、ふたりでルカーシュを挟み込んだ。

「ルカ様も混ざればいいじゃないですか！」

「キュル！」

家具選びで出かけたときに思った、〝可愛いと思ったら抱き締める〟という決意を実行に移す。

ルカーシュの背中は広く、とても引き締まった筋肉で覆われているのが分かる。固いのに、弾力もあるのだ。抱き締められたとき以上に、ルカーシュの身体は鍛え上げられていると感じてしまう。

そんな彼の背中が小さく震えた。

「はは！　本当、君たちには敵わないな。これは最高だ」

ルカーシュは笑うと、アルベルティナの頭を両手でわしゃわしゃと撫でた。

好きな存在に挟まれ、すっかり機嫌が直ったようだ。

きっと、話すなら今だろう。

ヴィエラは腕を緩め、横からルカーシュの顔を覗き込んだ。

「近々、新しい結界の魔法式の実験に参加するため、一週間ほど屋敷を空けるかもしれません」

「実験に参加？　どうしてヴィエラが……それは開発課の仕事じゃないのか？」

ルカーシュはアルベルティナから体を離し、ヴィエラに怪訝《けげん》な目線を送った。

「事件の解決は調査だけでなく、同じことが起こらないよう防止することも重要とのことで、魔法局の局長が指示されたそうです。いつもの調査関係の呼び出しかと思ったら、実験の遠征に行くと説明されて……」

新しい魔法式の開発に巻き込まれたことと、遠征の場所やメンバーについて説明する。

ルカーシュの眉間の溝はどんどん深くなり、説明が終わった頃には先ほどの上機嫌だった雰囲気は微塵も残っていなかった。

冷静沈着と言われている英雄だが、案外甘えん坊で独占欲が強い。

ヴィエラが遠征で何日も公爵邸を空けることを知ると、ルカーシュが拗ねてしまうことは予想していた。だから機嫌のいいときに話を切り出したつもりだったが、あまり意味がなかったようだ。

「どこまでヴィエラを巻き込むつもりだ。新しい任務なのに相手の都合を考慮せず、相談もなしに確定事項として逃げられないような進め方をしやがって……っ」

「うまく立ち回れずごめんなさい」

「君は一切悪くない。まだやり続けるなんて……上は変わらないな」

ルカーシュは軽蔑を込めて鼻で笑った。

誰に向けてなのだろうか。彼の瞳には落胆の色が帯びていた。

ヴィエラが心配するように見上げる。

「ルカ様？」

「すまない、ヴィエラ。夕食後に時間をくれるか？　話しておきたいことがある」

「分かりました」

「ありがとう。まずは屋敷の中に戻ろう。ティナ、また明日な」

そうして夕食を終え、ヴィエラの部屋で話を聞くことになったのだが――。

「ルカ様、これでは話に集中できない気がします」

ヴィエラはルカーシュの膝の間に座らされ、後ろから抱き締められていた。

ぎゅーぎゅーと力は強めで、肩に埋めるように寄せられた彼の顔から深いため息が聞こえる。

その吐息が首筋に当たっているのを感じ、唇まで触れてしまいそうでドキドキしてしまう。

抱き締められることに慣れてきたと思ったが、早計だったらしい。

ヴィエラはさりげなく抜け出そうとするが、当然のようにルカーシュの腕はビクともしない。

「ようやく長期遠征が終わって、離れずに過ごせると思っていたのに……。次はヴィエラが遠征？　どう考えても業務範囲外じゃないか。魔法局は、開発課が無能だと自分たちで認めるような行動をしているという自覚がないのか？　国王陛下のご機嫌窺いばかりして、愚か者め」

「あ、あのぉ」

「本当にあり得ない。しかも遠征はクレメントも一緒？　魔法局も余計なことをしやがって。ヴィエラになんかあったら切る」

「……物騒なこと言わないでくださいよ」

クレメントなのか、遠征に巻き込んだ魔法局の幹部なのか。誰を切るつもりか怖くて聞けない。

（バルテル家の一件で警戒しているのだろうけど、分かりにくくもクレメント様は私にいろいろと注意を促す言葉をくれるし、黙ってセレスティア夫人に従うようには思えない。クレメント様から何か仕掛けてくることはないと思うんだけどなぁ）

今日だってルカーシュへの説明について案ずる言葉をかけてくれた。

ヴィエラのバルテル家への嫁入りを目論んでいたら、助言するはずがない。

後輩の魔法使いが婚約者に切られないことを祈るばかりだ。

「あのさ……」

ルカーシュの腕が緩んだ。そして片腕をヴィエラの膝裏に入れて体を浮かすと、隣り合うように座らせた。

互いの表情がよく見えるようになる。

「ヴィエラは国王陛下にどういうイメージを持っている？」

年に一度、王宮魔法使いがホールに集められ、国王が激励の言葉を述べる新年会がある。

ルカーシュに問われ、ヴィエラはそのときの姿を思い出してみた。

金色の髪と青い瞳を持ち、佇《たたず》まいには王としての貫禄があり、常に穏やかな笑みを保っていて、優しそうな印象が残っている。

それでいて能力主義で、身分問わず実力のある人を重用する人物。

だから上層部は例外として、役職持ちの平民も魔法局内に数名いる。

ちなみに技術課の副室長は平民出身の女性だ。昇格承認の書類に、国王のサインがあったことを知った彼女はこう言っていた。

「身分で差別しない国王陛下は、公平な心を持つ素晴らしい御方――と、王宮勤めの人に尊敬されているイメージがあります」

「そうだな。国王陛下は有能な人材に投資する御方だ。確かに素晴らしい面もあるが、ヴィエラは調査チームに入れられてどう思った？」

「ありがた迷惑だと思いました。特に今回は私の能力というより、自分の都合のために指名されたみたいな感じがしたので。しかも、名誉なことだろう？と断ることが悪だと思わせるようなやり方で……それで」

ヴィエラは言葉を切り、ルカーシュを見た。

彼は望まぬタイミングで神獣騎士に入団させられ、団長の座に押し上げられたと、ヘルミーナが語っていたことを思い出したからだ。

まるでルカーシュ本人も望んでおらず、強いられたような言い方だった。

「ルカ様も、なのですね？」

「あぁ。国王陛下はアンブロッシュ家を取り込むため、ずっと俺を狙っていたんだ」

五年前、グリフォンを神獣とするトレスティ王国と、ワイバーンを神獣とする隣国ディライナス王国は戦争をしていた。

トレスティ王国の辺境伯が治める国境沿いの領地には、資源豊富な鉱山がある。

その資源ほしさに、ディライナス王国が境界線についての見直しを意見してきたのが事の発端だ。

もちろんトレスティ王国は正式抗議。

数年対立したのち、ディライナス王国がトレスティ王国に攻め入ってきた。

ディライナス王国は当時『大陸の空の王者』と呼ばれる最強の神獣騎士が現役で、進軍の先頭を率いていた。

勝つのは容易ではない。

神獣同士の戦争は歴史的に泥沼化することから、誰もが戦争の長期化を覚悟した。

しかし、大陸の空の王者をルカーシュが撃墜。ディライナス王国の連携は大きく崩れた。

空の支配権を取り戻したことで戦況も変わり、開戦三カ月で隣国は敗戦を認め、トレスティ王国は勝利を収めた。

そしてルカーシュは功績を認められ、団長に任命された。

そう多くの国民は思っていたのだが、実際は複雑な事情があったらしい。

ルカーシュいわく、以前から副団長を務めるジャクソンの機転が利いた作戦と、それを採用し騎士を先頭で率いた現総帥で当時の団長ジェラルドがいたからこそ功績が残せたのだという。

皆から『英雄』と称えられているが、作戦通り敵国のエースが自分を狙って突っ込んできたから対処しただけ――とルカーシュは、あくまでジャクソンと総帥のお陰だと謙遜した。

「王族とアンブロッシュ家は、しばらく婚姻関係がない。それでいてアンブロッシュ家は影響力が強く、資産もある。取り込みたかった国王陛下は、俺たち三兄弟を注視していた。そして目を付けたのが俺だった。神獣騎士に異例の早さで入団させ、最年少で団長にすることで一方的に『名誉』を与え、アンブロッシュ家に『恩がある状態』を作り出した」

名誉だけでなく、実権も与えられて不満を訴えれば国への忠誠が疑われてしまうだろう。

国王陛下の狙いを知っていても、ルカーシュをはじめアンブロッシュ家は断れない。命令を受け入れるしかなかった。

そうして国王はアンブロッシュ家との繋がりを作りつつ、英雄を重用した賢王だと周囲にアピールした。この機会に乗じて、他家にも手を回したようだ。

有力な家門を取り込み、王家の地盤を固めているのだと察せられる。

狙い通り、開戦時に落ち込んだ支持率はあっという間に回復したらしい。

国王はすっかり味を占めて同じようなことを繰り返していると、ルカーシュは教えてくれた。

王権制度を取り入れている国の政治とはそういうものだ。そんなことはヴィエラも頭では分かっているつもりだったが、改めて政治の裏を聞くと心境は複雑だ。

「実力で認められたと思ったら、実は別の目的があって昇格した方もいそうですね。それを知ったら、その方は悲しむでしょうし、逆に真の実力者であっても、国王陛下に利益がなければ認めてもらえない……ということですか」

「現王陛下の場合は、先王陛下よりあからさまだ。多くの有力貴族に『恩を売った』ことを利用し、規定や慣例を無視して国王陛下自身の考えを『相談』として通すことが増えてきた。悪く言うと、横暴に拍車がかかってきている。名誉なんていらないから、王家と距離を取りたい家門がいることに気づいていないんだ」

ルカーシュは頭痛を耐えるように額を押さえた。

神獣騎士は十年勤めれば、本人の意思でいつでも引退できるという規定がある。

まさに、国王はそれを無視しようとしている状態。

国王がルールを遵守しないようでは、臣下にも示しがつかないというのに。

この状態が続いて国王が暴君と化せば反発が生まれ、貴族の忠誠も離れてまとまりがなくなり、国内の情勢が荒れてしまう懸念だって生まれる。

「国王陛下に忠言を呈する方はいらっしゃらないのでしょうか」

「これまでも父上や協力者がいろいろと考えて動いてくれているが、国王陛下の意識はなかなか変わらないらしい。今のところ目立った問題も起きず、表面上スムーズに政治は動いている。忠言も、大げさだと流されてしまうようだ」

「何もなければ変わらないということですね」

「あぁ。そこで父上は俺に十年になる今年、どうにかして神獣騎士を引退するよう求めてきた」

ルカーシュが引退するのは、静かな田舎で勉強したいと願う彼本人の意思だったはずだ。

だが、別の理由を隠していたらしい。

続きを求めるようにヴィエラが見つめれば、ルカーシュはバツが悪そうに視線を逸らした。

「国王陛下が、簡単に俺の引退を認めないことは分かっていた。怪我をするという作戦は却下され、兄上がいるから俺が公爵家の跡継ぎになるという理由を立てるのも不可能。どうしようかと悩んでいたところ、ヴィエラと出会った。田舎領地への婿入りは王都を離れるのにぴったりな条件で、引退する理由に使うにはちょうどいいと思ったんだ」

「元々はそういう約束でしたからね。でも、通用しなかったと」

ルカーシュが小さく頷く。

「俺が引退を申し出たことから、誰もが無理やり与えられた名誉に感謝するわけでないことを国王陛下に認識してもらおうと考えた。そして俺の引退を認めたのなら、国王陛下都合で生じている他の例外も正すきっかけになるかと踏んでいたが……むしろ、なんの関係もないヴィエラまで巻き込んでしまった。俺と婚約しなければ魔法局に引き留められることなく、すぐに望み通り領地に帰れただろう。家門や俺の都合を隠していた上に、ヴィエラに迷惑をかけていること申し訳なく思う」

ルカーシュはぐっと視線を落とし、頭を下げた。ヴィエラの手を握る力は強まり、そこから自責の念が伝わってくる。

ヴィエラが調査チームに加えられたのも、新しい魔法式の開発に巻き込まれたのも、ルカーシュは自身が原因だと思っているのかもしれない。

（未来の婿様は、本当に誠実な人だわ）

ヴィエラは自分の手を包み込むルカーシュの手をほどくと、次は同じようにルカーシュの手を包み込んだ。

「悪いのは、決まりを守らない方たちです。そもそも婚約を申し込んで巻き込んだのは私のほうからですしね。ルカ様は何も悪いことしていないじゃないですか。ルカ様は、私からの婚約の申し出を受けたことを後悔していますか？」

「まさか！」

ルカーシュは勢いよく顔を上げる。

「あの夜に偶然ヴィエラと出会えたことは運命だと思っているし、君と婚約できて嬉しいと心から思っている。迷惑と思われても、手放す気は一切ない」

情熱的な言葉と強い眼差しをもらい、ヴィエラは顔が赤く染まっていくのを感じる。

「えへへ。それならもう運命共同体ですし、どんなことが起きても一緒に乗り越えていきましょうよ。私は鈍感ですし、政治の駆け引きに弱いので役に立つかは不明ですが、できることがあったら遠慮なく教えてください」

ヴィエラは不安を吹き飛ばすように、ニッと大げさな笑みを作る。

ルカーシュは口を強く横に引き、ブルーグレーの瞳を揺らした。

「分かった。どんな些細《ささい》なことでもいい。君も不安なことや、周囲に違和感があればいくらでも俺に相談してくれ。俺に言いにくければ両親でもかまわない。いいな？」

「はい。約束します！」

「ありがとう。婚約相手が、ヴィエラで本当に良かった」

ルカーシュはようやく表情を緩めると、ヴィエラの額に軽い口付けを落とした。そして小柄な彼女の体をぎゅっと抱き締めた。

力強いけれど、苦しくないよう加減されているのが分かる。

大切だと伝わる抱擁は、ドキドキ感よりも力を抜いて身を委ねたくなってしまう。

ルカーシュの肩に頭を預け、ヴィエラもそっと抱き締め返した。

すると、ルカーシュがブツブツと何やら言い始めた。

「早く役目を終えて、王都から離脱したい。邪魔されない場所で、ヴィエラとゆっくり過ごしたい。その前に遠征に行かせたくない。護衛として俺もついていきたい」

たった一週間なのに離れることをこんなに惜しまれたら、ランクの高いホテルに泊まれることを実は楽しみにしているとは言えない。

遠征先の街の名物料理を調べたなんて絶対に言えない。

「何度も遠征に行かなくて済むよう、実験の協力を頑張りますね」

「あぁ、でも無理はしないでくれ。また魔力枯渇で倒れないか心配だ」

「大丈夫です。自分の体調を優先するって約束します」

「あと夜にクレメントが『相談がある』と後輩面して部屋を訪ねてきても絶対に入れないように」

「……気をつけます」

「それから――」

その後、末っ子から心配性な親にジョブチェンジしたようにルカーシュは遠征の注意事項を淡々と伝えていく。

だが少しすると急に言葉を止め、黙り込んでしまった。

「ルカ様?」

「……このまま遠征に見送るなんて、やっぱりできない」

「え?」

ルカーシュは急に体を離し、ヴィエラの両肩を掴んだ。

「ヴィエラ、遠征前に一芝居付き合ってくれないか?」

そう誘った青年の瞳は、闘志に燃えていた。

第八章
仲良し大作戦

お茶会。

それは主に貴族の夫人や令嬢が交流を目的とした集まりを指す。

親睦を深めたり、情報交換をしたり、ときには戦いの場になることも……。

「ルカの言った通り、ヴィエラさんが誰のものなのか分からせるにはいい場所ね」

未来の義母ヘルミーナは、華やかな茶会会場になっている王宮庭園前でヴィエラにほほ笑んだ。

今日は王妃主催のサロンの中でも規模の大きい、月に一度の定例茶会だ。高位貴族を中心に、社交界で影響力のある夫人と令嬢が招待されている。

本来なら社交界に疎遠なヴィエラは参加することのない格式の高い集まり。

それにもかかわらず「ルカのお願いだもの♡」とヴィエラの招待状も急遽追加で手に入れたことから、社交界におけるヘルミーナの地位が分かるというものだ。

ちなみに本日のヴィエラの姿は、ヘルミーナ渾身のプロデュースにより可憐さ三割増しの仕上がりになっている。

イエローブロンドの髪はサイドを緩く編んで花を飾り、デイドレスはミルキーピンクが基調となっている。色合いは可愛らしいが、デザインは洗練されていて子どもっぽく見えない上品さがあるのがポイントだ。

「招待状だけでなく、今日のためにヘルミーナ様のスケジュールも調整くださいまして、いろいろとありがとうございます」

「いいのよ。わたくしも、そろそろ白黒つけたいと思っていたところだから」

「……あの御方は来られているでしょうか？」

「間違いなくいるわ。ほら、来たわよ」

ヴィエラはヘルミーナの視線を追いかける。

そこには夜会のときと同じ執事に片手を支えられながら、こちらに歩いてくるセレスティア・バルテルの姿があった。

さすが元王女。存在感は昼間でも衰えることなく、他の参加者は行く手を塞がないようさっと道をあけていく。

忍んでヴィエラに接触しにきた夜会よりも、格上のオーラを漂わせているから存在感は増しているかもしれない。

ヴィエラは、密かにゴクリと息を呑んだ。

「ヘルミーナ様、ヴィエラ様もごきげんよう」

セレスティアがふたりの前で足を止めた。

ふふふ、とほほ笑んではいるが、ヘルミーナに向けるセレスティアの視線は鋭い。

もちろん、怯《ひる》むヘルミーナではない。マナーを守り軽く頭を垂れて挨拶するヴィエラを庇《かば》うように一歩前に出て、にこやかに迎える。

「ごきげんよう。セレスティア様からお声がけいただけるなんて光栄ですわ」

「本当に？　最近はお手紙を送っても良い返事をくださらないんですもの。体調が優れないのでは……と思っていたけれど杞憂《きゆう》のようね。あまり年配者を心配させるものではありませんよ」

セレスティアがルカーシュとヴィエラの婚約解消を目論んでいると知ってから、ヘルミーナは相手からの誘いは理由をつけて断ってきた。

先ほどのセレスティアの言葉には『王族の誘いを何度も断るなんて無礼者』という皮肉が含まれている。

多くの貴族が注目する中で堂々と発言したことからヘルミーナの品格を貶め、優位に立ちたい魂胆が見えた。しかし――。

「婿入りしたらなかなか会えなくなる息子に、今からでもいろいろとしてあげたくって。セレスティア様なら分かっていただけていると甘えすぎましたわね」

意訳は『あなたを優先する時間はないのよ。空気読めないわね』である。

セレスティアは、いつも王族を敬《うやま》ってきたヘルミーナの態度の変化に対して大げさに驚きを返す。

「まぁ！　ヘルミーナ様が内のことばかりに気を取られるなんて想像できなくて。あなたほどの方なら、お茶会の大切さは理解なさっているかと思っていたのに（訳＝未熟者ね。皆さま、この方は貴族の交流を軽視しているようですわ）」

「わたくしはまだ公爵夫人の身。女主人なら、まずは屋敷内の安寧《あんねい》を守らないといけませんもの。

私も全部のお誘いに応えられないのは、いつも心苦しく思っていましてよ（訳＝当主夫人の座を退いたあなたのように、わたくしたちは暇じゃないのよ。余計なお世話ね）」

「おほほほ」

「うふふふ」

ヘルミーナとセレスティアはほほ笑みを崩すことなく、皮肉をぶつけ合う。

正確な意訳が分からないヴィエラでも、慄くオーラをふたりは振りまいていた。

（え？　社交界の本気のやり取り怖すぎでは？　ヘルミーナ様がニコニコしているだけでいいから、と言ってくださったけれど無理では？）

確実に笑みが引き攣っている自覚がある。

チラッと周囲を見渡せば、誰もが飛び火を恐れて自分たちの会話に集中している振りをしていた。

怖いのはヴィエラだけではないらしい。

「まぁ、よろしいですわ。久しぶりに会えたんですもの、ヘルミーナ様とふたりでお話がしたいわ。あちらの日陰のテーブルはいかがかしら？」

セレスティアはヴィエラを物ほしそうに一瞥《いちべつ》してから、会場の隅にある一席にヘルミーナを誘った。

周囲の人が声をかけにくい状況にしつつ、交渉の場を作り上げてみせたのだ。大胆にもこの場でセレスティアは、ヴィエラとルカーシュの婚約解消を提案するつもりなのだろう。

（先日もルカ様と家具を買いに行き、仲の良さを周囲にアピールしたのに……）

噂を耳にしているはずなのに、まだ諦めた様子のないセレスティアの執念には恐ろしさを感じる。

でもヴィエラは、今日の作戦のためにはヘルミーナから離れるわけにはいかない。

甘えるようにヘルミーナを見上げ、そっと袖を掴んだ。

そして、事前に指定された言葉を紡ぐ。

「お義母様……」

瞬時に、ヘルミーナがうっとりとした表情を浮かべる。

「まぁ、大丈夫よ。セレスティア様、申し訳ありません。初めての大きな茶会で心細くする義娘をひとりにするような寂しいこと、わたくしにはできそうもなくって」

「……随分と可愛がっているようですわね」

批難するように、わずかにセレスティアの視線が鋭くなる。この期に及んで誘いを断るヘルミーナが信じられないようだ。

一方のヘルミーナは上機嫌で、ニコニコしながらヴィエラと腕を絡める。

「だって本当に可愛らしいでしょう？　どんなドレスやワンピースを着てもらうか、毎日楽しくて仕方ありませんの。今度は靴をオーダーしに、一緒にお出かけするつもりですわ。うふふ、早く当日にならないかしら。ね、ヴィエラさん？」

「お義母様からいただいたものは長く使いたいので、領地に行ってからも使える靴を選んでもいいですか？」

「嬉しいことを言ってくれるのね。もちろんよ。いくらでも買ってあげるわ」

ヴィエラはヘルミーナと顔を合わせて、ニッコリとほほ笑み合う。

すると予定通り、ヘルミーナの友人マキナ伯爵夫人が会話に加わる。

「相変わらずヘルミーナ様とヴィエラ様は仲がよろしいのね。ヴィエラ様はすでにアンブロッシュ家の屋敷でお過ごしのようですが、そのご様子だと充実しているようですね」

「マキナ夫人、お久しぶりです。お陰様で、皆さまにはよくしていただいております。お義母様はもちろん、お義父様は実家のことまで気にかけてくださいますし、お義兄様やお義姉様方も優しくしてくださり感謝の念が尽きません」

「すっかりアンブロッシュ家のお気に入りのようですね。素晴らしいわ」

マキナ夫人がよく通る声で話せば、「アンブロッシュ家の寵愛の噂は真実でしたのね」と周囲は感心するような言葉を囁く。

セレスティアのほほ笑みが少し固いものになった。

さらに、輪には狙い通り新たな人物が加わる。

「楽しそうね。わたくしも良いかしら？」

「もちろんですわ、王妃殿下」

「ありがとう、ヘルミーナ様」

話題の中心を見つけたら飛び込まずにはいられない王妃が、ヴィエラの隣に立った。

色素の薄いブロンドヘアーは繊細で眩《まばゆ》く、ほほ笑みは聖堂の女神像のように美しい。

「あなたがヴィエラ様ね！　お会いしたかったのよ。嬉しいわ」

ヘルミーナが『王妃殿下は心に少年を飼っているのよ』と言っていた通り、王妃は好奇心いっぱいの視線をヴィエラに注ぐ。

国で一番高貴な女性を前に心臓が飛び出しそうになりながらも、ヴィエラはしっかり挨拶をこなす。

「ごきげんよう。王妃殿下にお目にかかれて光栄でございます」

「まぁ、こんな小鳥のような子が厳しい遠征で活躍なさったのね。難易度の高い魔法を使いこなす才能に、幼げな愛らしいお姿。素敵な条件が揃っているのに、これまで耳に入らなかったのが不思議だわ。ヘルミーナ様、どうやって彼女を見つけたの？」

「本当に幸運としか。初対面で結婚を決めた息子の判断が良かったのですわ」

「さすがヘリング卿！　他の者が気づかなかったヴィエラ様の本質を見抜く慧眼《けいがん》と、すぐに手元に置く行動力には感服ね。もちろん、身分差をすぐに許した公爵の判断も素晴らしいけれど」

「渋る要素がありませんもの。他家に取られてしまう前で良かったと、夫もわたくしも心より安堵していることろですわ」

先ほどまで緊張状態だった茶会の雰囲気は、カラッとした態度の王妃の振る舞いもあって和やかなものになっていく……そう、セレスティアを除いて。

セレスティアのほほ笑みは、仮面を貼り付けたように微動だにしない。

遠目から見れば、周囲と同じように王妃とヘルミーナの会話に耳を傾け、楽しんでいるように見えるだろう。

ただ、目は一切笑っていない。

鈍感なヴィエラでも分かるほどに、冷え込んでいる。

計画通りすぎて、ルカーシュとヘルミーナの親子を敵に回してはいけないと、ヴィエラは改めて心に刻む。

これまでもヴィエラとルカーシュは仲睦まじいという噂の種を蒔いてきたが、それだけでは『公爵夫妻は息子本人の意思に委ねており、ルカーシュがヴィエラに飽きれば終わる関係』と見る人間も少なからずいた。

セレスティアもそのひとりだ。

だからルカーシュは、セレスティアを上回る身分と影響力を持つ王妃を証言者として巻き込むべく、王妃主催の茶会に参加するようヴィエラとヘルミーナに求めたのだった。

そしてここまで計画通りに進んでいる。

王妃は、ヴィエラがアンブロッシュ公爵夫妻も手放したくない存在だと認識した。

よほどの馬鹿でない限り、王妃が絶賛する婚約に横槍は入れられないだろう。

（つまり、セレスティア様はヘルミーナ様に探りを入れる前に話を潰されたということになる。もう婚約解消の提案はしてこないはず。だから、次の作戦は不要だと思うんだけど……）

ヴィエラは、ちらりとヘルミーナに視線を送ってみる。

しかしヘルミーナは「念には念を入れないと」とヴィエラに耳打ちした。

途中でやめるつもりはないらしい。

このあとの計画を思い出したヴィエラの心臓は嫌でも速まる。

その直後、貴婦人たちの浮足立つ雰囲気が広がった。

「ルカーシュ様だわ」

「ヘリング卿がどうして？」

逞しい体躯に神獣騎士の制服を纏い、凛とした表情のルカーシュは、登場しただけで会場の貴婦人たちの注目を一瞬で集めてしまう。

これから敵と対峙するからだろうか。任務前に似た引き締まった雰囲気もあって、頼もしさを感じずにはいられない。

毎日顔を合わせているヴィエラでも目を奪われた。

関心を集めながらルカーシュは歩みを進め、ヴィエラたちの輪の前で足を止める。

「王妃殿下、お楽しみのところお邪魔してしまい申し訳ありません。少しだけ婚約者と話をしてもよろしいでしょうか？」

「ええ、かまいませんわ！」

王妃は興味津々な様子でふたりを見守る姿勢に入る。

するとルカーシュは引き締めていた表情をわずかに緩め、慈《いつく》しむような眼差しをヴィエラに向けた。

「ヴィエラ、君を見せびらかしたいという母上に付き合ってくれて悪いな」

これも作戦における演技のひとつだと分かっている。

分かっているが、少々熱っぽいルカーシュの眼差しにヴィエラの心臓は勝手に跳ねた。

すかさずヘルミーナが割り込む。

「あら、ルカったらヴィエラさんが心配でやってきたのね。仕事は大丈夫なの？」

「きちんと休憩時間を利用していますよ。母上こそ、あまりヴィエラを振り回さないでください」

「振り回してないわ。可愛がっているのよ！　今日のドレスだって、素敵でしょう？」

「ええ。ヴィエラに似合っていてとても可愛らしいですが……俺の楽しみをあまり奪わないよう忠告したはずです。そのドレス、俺に内緒でまた新しく買い与えましたね」

「数着くらいいいじゃない」

「ほう……。一着だけではなく数着ですか」

ヴィエラを巡って美形親子が火花を散らして睨み合う。

ルカーシュは不機嫌に眉間に皺を寄せ、ヘルミーナは勝ち誇ったように見返した。

これも打ち合わせ通りの流れ。

演技だと気づかない周囲は、目を輝かせて「ヴィエラ様を奪い合っているわ♡」と勝手に盛り上がっていく。

ヴィエラは指示通り聞き役に徹するのみ。

ふたりとも演技が上手だと感心しながら、アンブロッシュ親子に任せた。

しかし、徐々に雲行きが怪しくなってくる。

「ヴィエラさんが大切なのは分かるけれど、過保護を超えた独占はいけないわ。レディ同士での交流を楽しむ時間も作らないと。邪魔しないでくれる？」

「そう言って母上はヴィエラを連れまわしたいだけでしょう？　ヴィエラは優しいから、母上のために付き合ってくれますが……」

「わたくしがヴィエラさんに無理強いしているみたいじゃない。ヴィエラさん、わたくしとのお出かけも楽しいわよね？」

「ヴィエラ、母上と過ごすより俺と過ごすほうがいいよな？」

ルカーシュとヘルミーナの視線がヴィエラに向けられる。

同時に周囲も聞き耳を立てて注目した。

「――え？」

自分に話を振られると思っていなかったヴィエラは目を丸くした。

事前の打ち合わせ以上の白熱した親子のやり取りになってきたとは感じていたが、まさか巻き込まれるとは。

（ここはなんと答えるのが正解？　婚約者としてルカ様を選ぶべき？　それとも家族として良好な関係を示すために、ヘルミーナ様の味方をするべき？）

答えを用意していなかったヴィエラはオロオロし、「ルカ様との時間も、お義母様との時間も貴重です」と曖昧な返事をした。

だが不正解だったらしい。

ルカーシュの眼差しの温度がすぅと下がった。

「母上と過ごす時間が長すぎたようだ。もっと俺との時間を作ってもらわないと」

「ルカったら、ヴィエラさんの独り占めは駄目だってば！」

「ヴィエラは俺の婚約者です。独り占めは当たり前の特権です」

「私の義娘でもあるわ。義理の母親にも愛《め》でる権利はあるはずよ。でも、そうねぇ。あまり狭量だとヴィエラさんが囚《とら》われの可哀想な姫に見えて、他のナイトが奪いにきたりして」

ヘルミーナが意地の悪い笑みを浮かべた瞬間、ルカーシュが纏う雰囲気がピリッと締まった。

口角を上げ、好戦的な笑みを浮かべる。

「戯言《ざれごと》を。誰であろうと、ヴィエラは絶対に渡しませんよ」

「〜〜〜!!」

王妃は「きゃぁ、熱いわ！」とはしゃぎ、貴婦人たちは声にならない黄色い悲鳴をあげた。

ヴィエラはというと、驚きで固まってしまう。

今の発言はセレスティアに向けた警告に違いない。

そうだとしても、こんなに多くの人がいる前で情熱的な言葉を耳にするとは予想していなかった。

ルカーシュの本心が滲んでいたようにも聞こえ、ヴィエラの心臓は痛いほど強く鼓動する。

嬉しくもあり、恥ずかしくなってしまった彼女の頬は、当然のように熱が集まっていった。

俯いたことで隠れてしまった色づく頬を露わにするように、ルカーシュの長い指がイエローブロンドの横髪を絡めとる。

「早くユーベルト領に引っ越して、ふたりきりの時間が増えればいいのに」

「――っ!!」

なんとか情けない声だけは堪える。

先日同じことを言われたはずなのに、今日は正面からその言葉を受け止めたせいか、胸にきてヴィエラの顔はすっかり赤く熟れてしまった。

王妃のみならず、周囲は「まぁ、まぁ、まぁ！」とキラキラとした顔をして大盛り上がりだ。

ヘルミーナは楽しそうに笑い、婚約者を見つめるルカーシュの腕をポンと叩いた。

「ふふ。さすが、旦那様の血を引いているわね。これ以上ルカを敵にしないよう気をつけないと。それより時間は大丈夫なの？」

「そろそろ戻ります。では母上、連れてきたからには責任もってヴィエラをお願いしますね」

ルカーシュはヘルミーナに軽く会釈すると、再びヴィエラに視線を戻した。彼の手はイエローブロンドの髪を放し、代わりにヴィエラの右手をすくい上げる。

「ヴィエラ」

「あ、はい」

「今夜は俺のために時間を空けといてくれ」

そうルカーシュがヴィエラの手の甲に口付けを落とした瞬間、茶会会場では貴婦人たちの桃色の悲鳴が響いた。

ヴィエラは完全に心臓を撃ち抜かれ、顔を真っ赤にしてプルプルと震えるのみ。

企みが成功したと言わんばかりの笑みを浮かべると、ルカーシュは王妃に茶会を邪魔したことを詫びて許しを得て、颯爽と立ち去っていった。

「素敵よ、素敵！　噂以上のヘリング卿の熱愛ぶりには感動したわ。わたくし、おふたりの末永い関係を応援するわね！」

王妃が放心状態のヴィエラの手を強く握った。

すると参加者たちの多くが同意を示すようにほほ笑みと頷きを送る。

ルカーシュの滞在時間は十分にも満たない。

しかし強烈な印象を与えることができたのだろう。

国で一番高貴な女性がヴィエラとルカーシュの関係を支持し祝福した。

その事実には、さすがのセレスティアも——。

「本当に、こんなにも仲睦まじいなんて知らなかったわ。素敵な関係を築いていますのね」

わずかに声色が固いものの、王妃に追従する言葉を述べた。少し前までギラギラと放っていた存在感はすっかり小さい。

セレスティアは「熱に当てられたから、涼ませていただくわ」とだけ言い残し、会場の隅の席へと行ってしまった。

ヴィエラはヘルミーナに確認の視線を送る。

すると綺麗なウィンクが返ってきた。

つまり、無事にセレスティアを諦めさせることに成功したということ。

ヴィエラとヘルミーナは顔を合わせ、ニッコリとほほ笑み合ったのだった。


その夜。

「なんだその顔は？」

きょとんとした表情を浮かべるヴィエラに、ルカーシュは鏡映しのように頭を傾けた。

夕食を終えて私室ですっかり寛いでいたヴィエラのもとに、ルカーシュが前触れもなく訪ねてきたのだ。しかも彼の手には、シャンパンボトルとグラスが入ったバスケットがある。

食後に飲むような約束はなかったはずなのだが。

「言ったじゃないか。今夜は俺のために時間を空けといてくれって」

「――へ？」

「作戦が成功したから、シャンパンでも飲もう」

「な、なるほど！　シャンパンなんて久しぶりです。嬉しい、やったぁ！」

茶会のときのルカーシュの誘い方は、どう考えても夜の男女のあれこれを連想させるものだった。

そのせいで一瞬色っぽい危機感を抱いてしまったが、単なる打ち上げらしい。ごまかすようにはしゃいで部屋に招き入れる。

（ルカ様は紳士よ。お母様やエマが言っていた獣とは違うって、前にも思ったばかりじゃない！それにしても、大勢の前でサラッとあの台詞を言えるルカ様の胆力って一体どうなっているのかしら？　さすが常に外では英雄の仮面を被っているだけあるわ）

乾杯し、美味しいシャンパンで気分がほぐれたタイミングでルカーシュを労《ねぎら》う。

「今日のルカ様、俳優顔負けの演技でしたね。ううん、脚本家もびっくりですよ！　あんなに熱い台詞をいくつも思いついてすごいです。皆さんすっかり信じてしまいましたね」

「台詞も何も、俺は本心を並べただけだが？」

「え？」

今日は親子喧嘩の演技で、熱烈な台詞をいくつも聞いた。

ヴィエラのドレス選びを本当は譲りたくないこと。

ヘルミーナにすら嫉妬していること。

誰にも渡さないと独占欲を燃やしていること。

ひとつひとつを思い出し、ヴィエラはじわじわと顔を赤くした。

愛されているのだと強く実感する。持て余した照れを隠すようにシャンパンを口にするが、意味をなさない。

隣に座っていたルカーシュは目元を和らげ、指の甲で朱が差したヴィエラの頬を撫でた。

「そういうことだから、もっと俺にかまってくれると嬉しい」

未来の婿は、本当に格好良くて可愛くてずるい。

（ルカ様に、何かしてあげたいな）

ヴィエラは頷きながら、頭の中で来週の予定についても算段をつけていった。

＊＊＊

王家は特別な存在であるがゆえに、味方にしても敵に回しても厄介な存在。

先日の王宮のお茶会では、王妃がヴィエラとルカーシュの関係を支持してくれた。

そのお陰で、作戦通りセレスティアの力を削ぐことができた。頻繁に来ていたヘルミーナへの招待状もぴたりと止まっている。

王妃の権力と影響力を目の当たりにした。

ただ……優秀だと評価し、後ろ盾になってくれたと安心していたら、面倒なことに巻き込まれる場合もある。

気づけば才能を搾取されるだけされ、用が済めば捨てられることもあるらしい。

油断してはいけない相手、それが王家だ。

(次期当主として、今から王家との距離感に注意を払わないと。ルカ様やアンブロッシュ公爵夫妻と交流することになってから、今まで知らなかった面が見えるようになってきたわ。もっと勉強しないと)

これまで積極的に他の貴族と交流してこなかったが、意識を変えるタイミングだとヴィエラは感じ始めていた。

社交に関することなら、ヘルミーナが得意とすることだろう。今度教えを乞うのもありかもしれない。

そう思いながら、技術課の仕事場で魔法付与を続けていたところ――。

「ヴィエラさん、魔法局から遠征の日程が決まったと連絡があったのですが……遠征なんて了承していたんですか？」

ドレッセル室長はヴィエラを別室に呼び出すと、テーブルを叩くように紙を置いた。

実験遠征の日程とメンバーが書かれた資料だ。しっかりとヴィエラの名前も記されている。

(出発は来週かぁ。思ったよりも早いタイミングね。それにしても……)

ドレッセル室長の様子がおかしい。眼鏡のブリッジをわざとらしく中指で押し上げる仕草は、まるで文句を言いたげな態度だ。

「事件の調査チームのミーティングの際、開発課のフラン様から確定事項として伝えられたので、すでに室長の許可が下りているものだとばかり。もしや、ドレッセル室長は遠征の件をご存じではなかった？」

「……なるほど、やってくれましたね。本来であれば開発サポート業務なら室長許可が必要なんですが、あくまで本件は調査の一環として扱うということですか。技術課の人員計算や納品スケジュールを無視とは困りましたね」

偉い人の力が裏で働いたことを察したらしい。

ドレッセル室長は肩を落とし、眼鏡を拭き始めた。

「おそらく、私の退職を引き延ばすためかと。ご迷惑をおかけしてしまい申し訳ありません」

「ヴィエラさんも巻き込まれた立場でしょうから、あなたに文句はありません。ヘリング卿をそばに置いておきたい国王陛下に対して、魔法局の誰かさんが尻尾を振ったのでしょう。でも、このやり方はいただけない。遠征はこの一度きりで終わるよう、抗議しておきます」

「だ、大丈夫なのですか？」

ドレッセル室長は、格上の相手には委縮しているイメージがあった。だから珍しく強気な態度に驚きつつ、心配にもなる。

味方してくれるのは心強いが、裏で国王陛下が関わっている案件。機嫌を損ね、権力を行使され、不当に立場を落とされるようなことがあっては大変だ。

しかしヴィエラの不安を否定するように、ドレッセル室長は柔らかい笑みを浮かべた。

「私って、王宮内のあらゆる魔法式を修復しているでしょう？　国王陛下の執務室から寝所まで網羅しているんです。秘密の魔法式もありましてね……私が急に辞めたり、メンテナンスを放棄したりしたら、誰が一番困りますかね？　くくく、どこから細工しましょうかねぇ」

上司が腹黒い考えを隠さない様子に、ヴィエラは頬を引き攣らせた。

あの温和の権現ドレッセル室長がこんなにも怒りを見せるなんて、相当なストレスが溜まっている証拠だ。

(国王陛下の好き勝手が、室長にまで……。これまで気づいていなかったけれど、かなり問題なんじゃないのかしら？　他でも歪みが生じていそうだし、どこかで不満が暴発して、王宮内で事件が起きそうで不安になるわね。余波を受ける前に退職したいものだわ)

ヴィエラは願いが叶うよう、深々と頭を下げた。

「室長、どうかよろしくお願いします。退職のタイミングはルカ様の退職と同時とお話ししていましたが、私だけでも先に退職したくなってきました」

「ヘリング卿を置いて先に領地に帰るつもり？」

領地の新事業を引き合いに出して相談すれば表面上は受け入れてくれそうだが、実験遠征の一週間でも嫌がったルカーシュだ。かなり寂しがることは想像に容易《たやす》い。

ヴィエラを抱き締めて拗ねていた、先日の彼の態度を思い出したら可哀想になってくる。

「……駄目ですね。置いていけません」

「あぁ、良かった！　まだまだ技術課にいてくれそうですね！」

「ん？　室長は私の退職の味方をしてくれるのでは？」

「魔法局の上層部が勝手に技術課の優秀な人材を奪っていくことが許せないだけで、ヴィエラさんが長く技術課で働くことに関しては大歓迎ですよ。アンブロッシュ公爵にはお世話になっていますから、あえて私のほうからヴィエラさんを引き留める工作はしませんがね」

以前、ヴィエラが急遽ユーベルト領に帰るときに簡単に休暇を取り付けたことがある。

アンブロッシュ公爵とドレッセル室長の間には、何か縁があるようだ。

とりあえずドレッセル室長が警戒対象にならないことにヴィエラは安堵しつつ、改めて紙に書かれた遠征の日程を確認する。

遠征は来週。

前日に準備のための休暇が与えられ、当日はいつもの出勤よりも早い時間に西棟の門前に集合。開発課六名とヴィエラ、結界課のクレメント、解除担当二名を加えた計十名で行くらしい。

魔物に襲撃されるような場所ではないので護衛はいないようだが、想定よりも大人数。

ルカーシュがヴィエラとクレメントがふたりきりになることを危惧していたが、誰かしら近くにいるから大丈夫だろう。

セレスティアも先日撃退したからなおのこと。

とは言っても寂しがりやで独占欲の強いルカーシュは婚約者不在の間、ずっと気を揉むに違いない。

「ドレッセル室長は結婚前、婚約していた奥様と遠距離恋愛をしていたのですよね。離れている間、どうやって不安を乗り越えていたのですか？」

ドレッセル室長は辺境伯家の次男だ。

十五歳のときに婚約した幼馴染みの恋人が領地にいたが、魔法学校に進学する際に離れ離れになったらしい。

そして三年の遠距離恋愛の末、王宮魔法使いとして就職できたのを機に恋人を王都に呼び寄せ結婚に至った——と、技術課の飲み会の席で耳にしたことがある。

三年を乗り越えたアドバイスを聞けば、少しはルカーシュの心の安寧を守れるヒントがあるかもしれない、とヴィエラは踏んだのだ。

「それはヴィエラさん向け……ではなさそうですね。ヘリング卿のためですか」

「男性からの意見を乞いたく、どうかご助言くださいませ！」

「そうですね～ヴィエラさんの勇気と腕次第なのですが」

ドレッセル室長は顔を緩め、惚気《のろけ》話を始める。

ヴィエラが嫌な顔せず真剣にメモを取るので、「あれは嬉しかったなぁ」「今も宝物にしているよ」と彼の惚気は加速し、経験談をたくさん記録することができた。

「ドレッセル室長、ありがとうございます！」

「こちらこそ話を聞いてくれてありがとう。今日は帰りに妻へ花束でも買っていこうかな。そのためにも仕事を早く終わらせなきゃ。ヴィエラさん、頑張りましょうね！」

ドレッセル室長はホクホクとした顔で、鼻歌を歌いながら作業部屋に戻っていった。

今も奥様は、しっかりとドレッセル室長の心を掴み続けているようだ。今日聞いた話は大いに役立つだろう。

「あとは、どれを参考に実行するかね！」

ヴィエラはメモを見ながら、期待に胸を膨らませた。


遠征前日。準備休暇をもらっているヴィエラは、アンブロッシュ公爵家の厨房にお邪魔していた。

背後からは料理長が様子を見守っている。

「よし、久々に作りますか！」

エプロンの紐をきゅっと結んで、ヴィエラは鍋に砂糖と少量の水を入れて火にかけた。

作ろうとしているのはクルミ入りのキャラメルフィリングをクッキー生地で包んで焼き上げた、ユーベルト領の郷土菓子『クルミのキャラメルタルト』だ。

ユーベルト領では秋にたくさんのクルミが収穫できるため、冬の定番おやつとして領民に親しまれている。

料理長はこの菓子を知らなかったらしく、興味津々で見学を申し出てきた。

そんな視線に緊張しつつ、ヴィエラは砂糖水に焦げ色がついたタイミングでクルミも鍋に入れた。重くねっとりと絡み合い、なかなかの力作業だ。そこへ生クリームを入れて弱火で煮詰めながら混ぜれば、キャラメルフィリングの完成だ。

あとは深さのあるタルト型に前もって敷いていたクッキー生地にキャラメルフィリングを流し込み、保冷庫で少し冷やす。それから別で延ばしていたクッキー生地を重ねて包み込んだ。

表面に溶かし卵を薄く塗って乾いてからナイフで模様をつけ、オーブンで焼けば完成となる。

公爵邸の高性能オーブンの使い方は分からないので、焼きの作業だけは料理長にお任せだ。

一切れ味見する権利を渡すことで交渉済みである。

そうしてオーブンから出てきたタルトの表面は艶のあるきつね色で、模様も綺麗に出ている。最高の焼き加減とバターの芳醇な香りに、ヴィエラは鼻息を荒くした。

「料理長、さすがです。ご協力感謝いたします」

「お力になれて良かったです。ルカーシュ様のお帰りが楽しみですね」

料理長の言葉にヴィエラは頷いた。

遠征前日の今夜は、ルカーシュとの時間をたくさん確保しようと、夕食後にふたりで軽くお酒を飲むことになっている。『恋人手作りの菓子は格別』というドレッセル室長の経験談を参考に、自分で軽食をひとつ用意してみたのだ。

ちなみに栄養価はとんでもなく高く、夜食べるには恐ろしい菓子だが今日くらいいいだろう。

密かにそわそわしながら過ごし夕食後、ヴィエラは私室にルカーシュを迎えた。

使用人にアドバイスをもらいながらルカーシュが好む銘柄のお酒、ハムやチーズなどのつまみもしっかり用意している――が、彼が最初に目を付けたのは、クルミのキャラメルタルトだった。

「これはなんだ？　パイ？　いや、タルトか」

料理長と同じく、ルカーシュも知らないらしい。数口で食べられるよう細めに切り分けてあるそれを、興味深そうに見つめている。

「ユーベルト領の郷土菓子です。クルミとキャラメルのタルトで、ウイスキーと相性がいいんですよ。久々に作ってみました」

「ヴィエラが……！」

ブルーグレーの瞳が、分かりやすくキラリと輝いた。

上司の経験談はかなり有効らしい。

早速ウイスキーをグラスに注ぎ、ルカーシュに手渡す。それからタルトを一切れ手でつまむと、そのまま隣に座る婚約者の口元に寄せた。

「ルカ様のお口に合えば良いのですが――はい、あーん！」

ルカーシュは驚いたように、パチリと大きく瞬《まばた》きした。

「先に飲んでいたのか？」

「……素面《しらふ》です」

ドレッセル室長が『恋人からの〝あーん〟は最高！』と言っていた。

それも実行しようと思ったのだが、これは選択ミスだっただろうかと頭を捻る。

（末っ子気質のルカ様なら喜んでくれると思ったのは、少々軽率だったかしら。これは子ども扱いすぎるかもしれないわね。年上としてのプライドもあるでしょうし、ここは引き下がろう）

そう手を下げようとしたが、ルカーシュはヴィエラの手首を掴んで制止させてタルトの先をかじった。

もぐ、もぐ、とゆっくり咀嚼《そしゃく》しながら味を確かめ、ウイスキーを少し口に含むと表情を緩めた。

「ルカ様、お味はいかがですか？」

「ウイスキーとの相性は確かにいいな。ウイスキーの香りとキャラメルの風味がよく合う」

「良かったです！」

ルカーシュが気に入ってくれたことに安堵して、食べかけのタルトを取り皿に置こうとする。

しかしヴィエラの手首は解放されない。

ヴィエラがきょとんとしている間に、ルカーシュはそのまま二口目をかじった。

先ほどより、彼の唇がタルトをつまんでいるヴィエラの指先に近くなる。

手には、一口くらいのサイズが残った。

つまり、このまま三口目に進んでしまったら――ヴィエラは自分が大胆なことをしていると気がつき、口元を引き攣らせた。

(だから、さっきルカ様は驚いていたんだ……！　フォークで刺して実行すれば良かった)

羞恥と後悔が混ざり合ったヴィエラの表情を見たルカーシュは、口角を引き上げた。

「いつもは逃げ腰なのに、今日は積極的だな？」

ルカーシュは、ヴィエラの指ごとタルトをパクリと口に含んだ。

形の良い唇はもちろん、歯が軽くヴィエラの指先に当たる。最後はペロッと、柔らかい舌も触れたのではないだろうか。

一瞬の出来事だが、何かものすごいことが起きた。

若干放心状態のヴィエラは、ルカーシュの顔が離れ、手首とともに解放された指先をまじまじと見つめた。

「洗えない？」

自分の指が特別なものになったように見え、よく分からない保全への使命感が芽生える。

「いや、何かのタイミングで洗うか拭くべきだろう」

「そ、そうですよね。私ったら意味不明なことを」

「くく、本当に素面なのか疑わしいな」

ウイスキーのグラスを傾けながら、ルカーシュは機嫌が良さそうに笑った。

今日の目的は、寂しがりやの婚約者に満足してもらうことだ。

ルカーシュに楽しい時間を過ごしてもらい、ヴィエラの気持ちは彼にあると実感してもらうことで安心感を与えるという狙いがある。

（全てはルカ様のため。これくらいで逃げ腰になっちゃだめよ、私！）

自分の恥ずかしさは二の次だと、穴に入りたい気持ちを抑えるようにヴィエラもお酒を飲み始めた。


お酒が回ってくると、ヴィエラとルカーシュは互いに饒舌《じょうぜつ》になるタイプだ。

雑談を挟んだあと、話題は先ほどのヴィエラの行動の件へと移った。

ルカーシュとしては、どう考えても鈍感な婚約者がひとりで計画した行動とは思えなかったらしい。

誰が吹き込んだのか追及されたヴィエラは、正直に上司の経験談を参考にしたと白状した。

「でも、もう安易に真似しません！　こんなに恥ずかしいことだったなんて、あーもぉー！」

「ははは、俺としては大歓迎だが？　他にはどんなのがあるんだ？」

「秘密です。いざってときに残しておくのです」

「いざ？」

「喧嘩したときとか、役立ちそうじゃないですか。仲直りするきっかけとして温存です」

「ヴィエラだけその手段を隠し持っているって、少しずるくないか？」

むっとルカーシュが軽く睨んでくるが、本気でないのは明らかだ。すぐに眉を下げて、「わざと喧嘩を仕掛けようかな」なんて言い出した。

「駄目ですって！　私なんて勝てる気がしないですもん。速攻でご機嫌取りのために、温存していた手段を使い切る未来が見えます」

ヴィエラは眼差しに本気を滲ませむっとする。

けれどルカーシュはクスリと笑った。

「そんな可愛く睨まれても。これでは君から仲直りの行動をする前に、俺からこうやって許しを乞いそうだ」

クスクスと笑いながら、ルカーシュはヴィエラの頬に軽い口付けをした。

顔を離した彼の顔には蕩《とろ》けるような笑みが浮かび、ほんのり色づいている。訓練で疲れているせいなのか、機嫌が良くて思ったよりも飲み進めてしまっているのか、いつもよりお酒の回りが早そうな様子だ。

それはヴィエラも同じで、口付けされた頬がとても熱く感じ、頭の中もふわふわしている。

(時間もいい頃合いだし、お酒のボトルもキリよく空になった。そろそろお開きかしらね。でも、最後にこれだけ)

ヴィエラは両耳からピンクダイヤモンドのイヤリングを外し、手のひらに載せた。

「ルカ様、これを素材に魔力を込めてもいいですか？」

「俺は問題ないが」

「良かったです。少し待っててくださいね」

贈り主から使用の許可が下りたので、ヴィエラはイヤリングを両手で包み込み、自身の胸元に寄せた。目を閉じ、手のひらに魔力を集める。

指の隙間から魔力の輝く粒子が漏れ出て数秒後、ゆっくり手のひらを広げた。

ピンクダイヤモンドは淡く発光している。

「さすが最高級素材。たっぷり魔力を溜め込みますね」

魔力と相性がいいと、素材カタログで読んだことがあったが想像以上だ。

素材としての素晴らしさに感動したヴィエラは、手のひらに載るイヤリングを見てうっとりとした表情を浮かべた。

「ヴィエラ？」

「あ、すみません」

ルカーシュに声をかけられ正気を取り戻すと、慌ててポケットに入れていた小物をふたつテーブルに出した。

ひとつはガラス製のチャームだ。親指の先ほどの大きさのガラスの筒に銀でできた蓋が付いており、蓋には革製の細い紐が通されている。

もう片方は革製の紐ではなく、細いチェーンが付いてネックレスになっていた。

どちらもガラスの筒の中には、何も入っていない。

ヴィエラはそれぞれの筒にイヤリングを一個ずつ入れると、チャームのほうをルカーシュの手に載せた。

「こっちがルカ様のです」

「俺がチャームで、ヴィエラはネックレス？」

「はい。私の瞳と同じ色のピンクダイヤモンドに、魔力をたっぷり込めました。遠征で離れている間は、これを私だと思ってください。私も同じものを持っています。離れていても繋がっていますよ」

ルカーシュはじっとチャームを見つめながら、じわじわと表情を緩めていった。普段は冷たく見えるブルーグレーの瞳に、大切なものを愛でるような温かみが帯びていく。

喜びを噛みしめるように、チャームをぎゅっと握りしめた。

「ありがとう。俺のために用意してくれて嬉しいよ」

ルカーシュは高めの温度を保ったまま薄紅色の瞳を覗き込み、空いているほうの手をヴィエラの頬に添えた。位置を確かめるように、ゆっくりと親指で彼女の下唇を撫でる。

「君が愛しくてたまらない」

熱い言葉を告げた唇を、ヴィエラの唇に重ねる。

いつもより強引さがある口付けだ。

「んっ」

息継ぎで顔を離そうとしてもルカーシュが追いかけ、すぐに口を塞がれてしまう。

後ろに倒れそうになるも、いつのまにか背に回された大きな手がヴィエラを支えた。

何度も角度を変えながら、体温を分けあうような長い口付けが続く。

こんなにも深いキスは初めてで、ヴィエラはただ与えられるままに受け入れることしかできない。

幸福に溺れる感覚は、こういうことを言うのだろうか。

強く求められている事実に心は酔い、お酒が回っていることもあって頭はクラクラしてくる。

(これなら遠征で私がいない間も大丈夫ね)

自分だけでなく、きっとルカーシュも幸せのストックが溜まっただろう、とヴィエラは安堵したのだが――。

「今夜、ヴィエラの部屋に泊まりたい」

顔が離れてすぐ、ルカーシュが思いもよらない願い事を口にした。

ヴィエラは「私って自覚している以上に酔っている？」と、まずは幻聴を疑った。

「ルカ様、今なんと？」

「ヴィエラと朝まで一緒にいたいんだ。いいだろう？」

「ひぇっ」

一気に酔いが吹っ飛んだ。

と思っているのは本人だけで、ヴィエラの顔は発火したように赤くなり、完全に冷静さを失っている。

(今の時代、貴族でも恋愛は自由でお泊まり愛も悪いことではないし、婚約者同士ならなんら問題もないけど……ないけど……え？　……え!?)

いつかは夫婦になるのだし、そうなれば一緒のベッドで眠ることになるのは理解している。

これはタイミングが早まっただけのこと。

重要なのはそのあとだ。

ただ眠るだけで終わるのか、終わらないのか。

ルカーシュの発言の意図を探るように、ブルーグレーの瞳を見つめた。

ヴィエラの返事をじっと待っている彼の瞳の温度はとても高そうで、真剣みを帯びている。

『殿方は、好きな女性に触れる機会を常に狙う獣なのよ』

母と妹の言葉が脳裏に蘇《よみがえ》る。

自分は今、狙われているのだろうか……。

ヴィエラはゴクリと息を呑む。

「あぁ、心配しているのか。大丈夫、単なる添い寝だ」

ルカーシュはわずかに眉を下げて告げた。

「単なる添い寝……」

「うん、手は出さないと約束する」

それならいいかと納得しそうになるが、相手は無自覚に色気を垂れ流す美丈夫だ。今もかなり危険度が高そうな艶っぽさがある。

じっと見ていると鼓動がどんどん加速し、気を抜いたらそのまま喉から心臓が飛び出てしまってもおかしくはない。

ルカーシュは眠れても、ヴィエラが緊張で眠れない予感がする。明日は移動で馬車に揺られるだけだが、一応は仕事の日。居眠りは避けたい。

それを言い訳に今夜は遠慮願おうと口を開こうとしたが、相手が先だった。

「とりあえず聞いたけれど、ヴィエラに拒否権を与えるつもりはないから」

「なんですって⁉」

横暴だ、と訴えるように見上げるが、ルカーシュはすでに勝ち誇った笑みを浮かべていた。

「母上とヴィエラでやっていた賭けの罰があっただろう？　今、俺の願いを叶えてもらおう」

「……あっ」

一瞬で敗北を悟った。

ルカーシュの気持ちを読み間違えたほうが彼の願いを聞くという賭け事。

負けたヴィエラは従うしかない。どれだけ緊張しても、恥ずかしくても、逃げられないのだ。

真っ赤にした顔を覆いながら、ヴィエラは白旗をあげた。

「うぅ、分かりました。一緒に寝ます」

「良い子だ」

ルカーシュは満面の笑みを浮かべて、ヴィエラの頭を撫でた。

そして寝間着に着替えてくると言って、鼻歌を歌いながら部屋を出ていった。

「私も着替えないと……」

よろよろとした足取りで、寝間着を取りに行く。

チェストに入っているのは、すべてヘルミーナが選んだ高級パジャマばかり。

シンプルなワンピースタイプ、フリルたっぷりの可愛いタイプ、リボンが解けたら大変なことになるタイプなどさまざま。

その中で一番清楚で露出が少ない防御力の高そうなデザインを選び、シャワールームで着替えた。

「よ、よし。寝るだけ……そう、寝るだけ！」

腹を括って部屋に戻れば、白のロングシャツにズボンというシンプルな寝間着のルカーシュがベッドに腰掛けていた。三つ編みはほどかれ、ふわぁっとあくびをしている。

完全無防備。

目尻に滲んだ涙をこする姿が特に可愛い。

(とっても眠たそうね)

いつになくルカーシュの酔いが早かったのは、疲れが溜まっていたからかもしれない。

先ほどまでの妙な色気も半減し、思ったほど緊張せずに寝られそうだ。

「ルカ様、先に横になっていていいですよ」

「分かった」

かなり眠たいのか、躊躇《ちゅうちょ》なくルカーシュは布団にもぐりこんだ。

ヴィエラは部屋の照明を消してからベッドへと向かうと、横向きで寝そべる先客が掛け布団を捲って出迎える。

「おいで」

「……はい」

ヴィエラはそっとベッドに乗り、彼と接触しないギリギリの距離を保って仰向けになった。公爵家のベッド幅の広さに感謝しつつも、恥ずかしいので顔は相手に向けられない。

それをルカーシュも分かっているのか、クスリと笑ってヴィエラに掛け布団をかけた。そして彼も天井へと体を向ける。

ただの添い寝という約束は守ってくれるようだ。

「俺のわがままを聞いてくれてありがとう。おやすみ」

「はい。おやすみなさい」

そうヴィエラが返事をしてから数秒後、隣から規則正しい呼吸が聞こえてくる。横目で見れば、スヤスヤと寝ているではないか。

(嘘でしょ？　おやすみから三秒……うぅん、本当に疲れていたのね。特別な訓練日だったのかしら)

ルカーシュの寝入りの速さに驚いたが、何より安堵で肩の力が抜けた。ヴィエラの眠気も強くなってくる。

(ルカ様の寝顔を観察しようと思ったけれど……眠気が我慢できない……)

遠征の準備にお菓子作りや晩酌の用意をしたため疲労感は否めず、お酒も飲んだ。

ヴィエラの意識もまた、あっという間に夢の世界へと旅立った。

第九章

正義の行く末

「いてて」

翌の遠征日、馬車の揺れで背もたれに頭を軽くぶつけてしまったヴィエラは、後頭部をさすった。

正面席に座るクレメントが心配そうな表情を浮かべた。

「ヴィエラ先輩、大丈夫ですか？」

「はは、問題ありません。今朝、私の不注意でぶつけたところが少し響いただけです」

ルカーシュと一緒に寝たことをすっかり忘れていたヴィエラは、目覚め一番に黒髪美人が隣で寝ていることに驚き、慌てて距離をとろうとした結果、後ろ向きでベッドから落ちたのだった。

すると婚約者の後頭部を心配しながら黒髪美人は、『遠慮せず、やっぱり抱き締めて寝れば良かった。落とさないために次はそうするから』と真剣な表情で宣告してくるなど、頭の外側も内側も痛い。

（次って、次って……っ！）

自分の睡眠事情の危機を感じたヴィエラは両手で頭を抱える。

「ヴィエラ先輩、本当に大丈夫ですか？　ホテルに着いたら医者を呼びましょうか？」

ハッとして顔を上げたら、クレメントだけでなく一緒に馬車に乗っている結界課の解除担当者も心配そうな表情を浮かべていた。

「それには及びません！　結界の魔法式を変えなければいけないほどの事件を起こすなんて、本当に犯人には困ったなぁと思って」

苦笑しながらごまかす。それにはみんなが深く頷いた。

クレメントすらアンバーの瞳を濁らせる。

「一生懸命に練習した魔法式を習得し直すなんて、なかなかつらいですよ。しかも新しい魔法式が完成したら、それをすべての班員に教え込む。その次は全部の結界石を更新するための遠征がある。どれだけ長期になることやら……はは」

結界の魔法付与は、必ず直接付与法でなくてはならない。書き込み式のように単に書き写しても発動しないため、最初から最後まで長い式を暗記しつつ、内容を理解する必要がある。

非常に時間と手間がかかるのだ。

解除担当者も乾いた笑いをこぼす。

「クレメント班長が付与に不安を持つような高度な新しい魔法式を、私たちは解除できるのでしょうか？」

「やるしかないでしょう。幸いにも素晴らしい手本をお持ちの方がいるので、しっかりコツを目に焼き付けましょう」

解除担当者が、救世主を見るような視線をヴィエラに向けた。

「うっ」

純粋な眼差しが刺さる。

なんとかしてあげたいが、ヴィエラはあらゆる魔法式を解除してきた経験があってこその技術だ。

経験さえ積めれば……そう思ったところで閃《ひらめ》いた。

「そうだ。結界課の各班長とドレッセル室長の許可が下りたらなんですが、技術課に練習しに来ませんか？　魔法付与に失敗した魔道具がたくさんあるので、普段は触れない魔法式の解除の経験を積むことで腕が磨けるかもしれません。私はそれで解除が得意になりましたし」

ドレッセル室長はヴィエラが抜けたあと、失敗した魔道具の廃棄による利益の損失を危惧していた。

そこに練習台として結界課の魔法使いが解除するようになれば、ヴィエラが抜けた穴を十分に補えるのではないだろうか。

結界課と技術課、双方にメリットがある。

クレメントも感心した様子で腕を組んだ。

「これまで魔法使いの技術は付与重視でしたが、魔物寄せの魔法式が上書きされたことで、解除専門の魔法使いのレベルアップが求められています。ヴィエラ先輩の技術に近づけるのであれば、他の班長も興味を示しそうですね。実験遠征が終わったら僕から他の班長に話してみるので、ヴィエラ先輩はドレッセル室長にお願いします」

「分かりました。任せてください」

ドレッセル室長に関しては、泣いて喜んでくれる姿がイメージできた。提案を前向きに考えてくれるだろう。

そして自分と同程度の解除技術を持った魔法使いが増えれば、国王ないし魔法局の上層部はヴィエラを利用できる口実を失うはずだ。退職を引き留めることができなくなる。

あとは、これ以上の問題が起きないことを願うばかりだ。

（それにしても犯人は誰で、何が目的なのかしら）

問題の結界石の魔法式を写した転写魔紙《マジックシート》を分析したが、とても無駄のない綺麗な式だった。結界の魔法式を熟知し、魔物寄せの魔法式を直接付与法で行使できる高いレベルの式。

魔法局は元王宮魔法使いだけでなく、ディライナス王国の魔法使いの関与も疑っている。

実は例の魔物寄せの魔法式は、五年前の戦争でディライナス王国側が使っていたからだ。

トレスティ王国の戦力を削ぐため魔物を誘導しようと、王国内の結界石の魔法式をディライナス王国の魔法使いが強制解除して書き換えた実例があるらしい。

結界石を元通りに戻すために向かった結界課の魔法使いが数名ほど、魔物に襲われ犠牲になったとも聞いた。

しかしディライナス王国が敗戦したのを機に、当時の国王は廃位した。現在は新国王の尽力によってトレスティ王国との関係が改善しつつある。

その努力を無にするようなことを自らするようにも思えず、関係悪化を避けるためにも調査チーム以外には箝口令《かんこうれい》が敷かれている。

(ルカ様は神獣騎士の団長としてこの話を知っていたけれど、ディライナス王国説には懐疑的だったわね)

ルカーシュいわく、規模が地味すぎるらしい。

問題があった結界石は、王都からも最寄りの街からも離れている。魔物寄せでトレスティ王国を混乱に陥れるには場所が悪い。

そして上書きされた結界石はひとつだけだった。

(問題になったけれど、怪我人も出なかった。本当にトレスティ王国を困らせたいのなら、複数の結界石に魔物寄せの魔法式を上書きしたり、大きな街や主要な貿易街道の近くを狙ったりするほうが効果的。どうして東の地方の結界石にひとつだけだったのかしら)

いろいろと考えてみるが、ヴィエラにはちっとも分からない。

早々に犯人と動機についての考察は専門家に任せることにした。

それからはクレメントや解除担当者とは魔法学校の在籍期間が重なっていることもあり、学生時代について花を咲かせることになった。

楽しい時間を過ごしながら夕方、ヴィエラたちの乗る馬車が宿泊先のホテルに到着した。

外観の造りはシンプルだが洗練され、アンブロッシュ公爵邸と変わらない大きさの建物だ。

一階にはレストランやゲームルーム、エステサロンなどの娯楽スペースがあり、二階以上はすべて客室になっているらしい。

ちなみに急な遠征のためフロアを借り切ることができず、部屋はバラバラになっている。

皆でレストランの夕食をとったあとは自由時間となり、各々の部屋に向かうことになったのだが――。

「ヴィエラ先輩は二階なんですね」

歩いていると、クレメントが隣からヴィエラの手元の鍵を覗き込んだ。

「はい。階段の上り下りが少なくてラッキーです。クレメント様は？」

「最上階の五階です」

「……大変ですね」

王宮と違って、自動昇降機という魔道具がこのホテルにはない。

これから一週間ずっと長い階段を上り下りしなければいけない後輩魔法使いに同情した。

けれどクレメントの表情は明るい。

「でも街の夜景がきれいに見えるらしいんです。滞在中のどこかで見に来ます？　僕は歓迎しますよ」

興味を引かれ頷きそうになるが、ぐっと耐えた。

何度も言い聞かされたルカーシュの忠言が頭をよぎる。

「……遠慮しておきます」

「はは、しっかり躾けられているようですね。おっと、もう二階か」

クレメントは五階なのでここでお別れだ。

ヴィエラは背の高い後輩を見上げ、気合を共有するような笑みを向けた。

「明日から実験一緒に頑張りましょう！　クレメント様、おやすみなさい」

「……」

なぜかクレメントは真顔でヴィエラを見つめ、そのまま固まってしまった。

「クレメント様？」

「あ、はい。頑張りましょう。おやすみなさい」

クレメントはハッとしたように笑顔を浮かべ、足早に階段を上っていった。

（今、いつもの笑顔と違ったような……）

後輩の笑みがどこか寂しげに見えたのを不思議に思いつつ、ヴィエラは部屋に入った。

ベッドに小さな机、シャワールーム付きだけでなく、髪を乾かす温風装置も完備。部屋は小さいが設備は充実していた。

ここなら一週間、快適に過ごせそうだ。

ルカーシュの言いつけ通り、扉と窓の戸締まりを確認してから、パッと寝る準備を整えてベッドに横になった。

「いてて」

朝ぶつけた後頭部がまだ痛む。

苦笑しながら、寝間着越しに胸元のネックレスに手を重ねた。

通信ができるものではないが、ピンクダイヤモンドに魔力を込めて『繋がっていますよ』とルカーシュに渡したものだ。

自分から伝えた思い込み術ではあるが、本当にルカーシュと繋がっている気持ちになれる。

「ルカ様、おやすみなさい」

ルカーシュに届いていることを願って、ヴィエラは囁く。

次に会えるまで七日間。

残り滞在日数をカウントしながら、ネックレスにおやすみを言おうと決めて眠りについた。

しかし翌日から、カウントがされることはなかった。

＊＊＊

ヴィエラと別れたクレメントは休むことなく五階まで階段を駆け上り、部屋に入るなり左胸を押さえた。

ドクドクと強く脈打っている。

鍛えている彼の鼓動は、いつもならこの程度の運動で乱れることはない。

原因は、ヴィエラだ。

せっかく自分を警戒するよう、無防備な面を見せてくることがないよう、道化師を演じながら誘導できていたと思っていたのに――。

「あれは反則でしょう」

長年想いを寄せていた女性からの、身長差が生んだやや上目遣いでのおやすみの挨拶は威力が強かった。

愛らしさに思わず見惚《みと》れ、手に入れてしまいたいという衝動に駆られそうになってしまった。

少し手を伸ばせば触れられる。

腕の中に抱きとめられる。

それらが簡単にできてしまうくらい近くに好きな人がいる。

しかし長年愛情表現を我慢し続けた体は、きちんと踏み留まってくれた。

「良かった……僕はまだ親しい後輩でいられる」

異性として意識されてないだけでなく、人として嫌われてしまったら最悪だ。

回避できたことにひどく安堵する。

激しかった鼓動が、次第にいつも通りに戻っていった。頭の中も冷えはじめ、クレメントは嘲笑した。

「もう手に入らないのは確定なのに、まだ諦められないなんて不毛だな」

ベッドに腰を沈ませ、深いため息をつく。

ヴィエラの心は、ルカーシュに落ちた。

遠征で魔力切れを起こしたヴィエラが婚約者に甘える姿を見た時点で、彼女の気持ちが傾いていることは察していた。

自覚するまで時間の問題だろう、と。

なぜならルカーシュは、クレメントから見てもいい男だからだ。

眉目秀麗で沈着冷静。堂々とした振る舞いは仲間に安心と信頼を与えてくれる。

何より、ヴィエラが遠征先に召集されると分かったとき、ルカーシュは気に入らない自分相手にも活を入れてくれた。

冷静さを失っていることを嘲笑《あざわら》うことなく、魔法使いとして信頼している言葉で引き上げてくれた。

これができる人間は、なかなかいないだろう。

そんなルカーシュに好意を向けられて、惚れない女性はいないと思う。

この男にならら負けても当然と、拗らせてきた恋を諦めることができるかもしれない。

だからクレメントは遠征の最後に、ヴィエラの心をさっさと掴めとルカーシュを煽った。

結果、願い通りに失恋が確定。

遠征の帰還でルカーシュの腕の中で顔を赤く染めるヴィエラのそれは、恋に落ちた女の子の顔だった。

結界課の帰還は一週間ほどかかり、クレメントはそのあとリーダーとして魔法局への報告会に一週間ほど参加してからようやく特別休暇がもらえる。

個人で取得する休暇も加えれば、最長で一カ月はヴィエラと顔を合わせずに済むだろう。

その間に気持ちを整理して、父に新しい婚約者候補でも見繕ってもらおうと考えた。

だが、現実は思い通りに進まない。

『先ほどヴィエラ様と夜会でお会いしたけれど、本当に無垢で可愛らしい子だったわ。しかも魔法の才能も完璧。今度アンブロッシュ家に、あの令嬢を譲ってほしいとお願いしに行こうと思うの。クレメントも一緒にどう？　ヴィエラ様を手に入れたいのでしょう？』

祖母セレスティアにそう告げられた孫の心情を表すのに、〝最悪〟以外の言葉はなかった。

ほしいときには無下にし、諦めようとしたらちょっかいを出してくる。すべて、手遅れのタイミングで……。

今回も恋を諦めるためにヴィエラのことを頭から追い出そうした矢先、セレスティアはかき乱してきた。

内心で舌打ちをしながらクレメントは祖母に笑みを返した。

『ヴィエラ嬢はルカーシュさんの婚約者ですよ。情に厚いアンブロッシュ家が一度手に入れた令嬢を、簡単に手放すとは思えませんが。それに英雄とはいえ、一度他の男のものになったおさがりなんて嫌ですね。僕はもう興味がありません』と。

本当は手に入れられるのならほしい。

今から奪えるのなら奪いたい――そんな本音を飲み込んで嘘を吐く。

他人に気持ちが向いている状態のヴィエラを手に入れても虚《むな》しいだけだ。

幸せを壊されたら、優しいヴィエラでもきっとクレメントを憎むだろう。

このまま祖母には引き下がってほしいと願うが、相手は社交の熟練者だ。笑みが全く崩れない。

『魔法が大好きなクレメントが、魔法の才能を持っている子を簡単に諦められるはずないと思うのだけれど……ふふ、とにかくアンブロッシュ家に利益がある話を用意しないと。うまく話がまとまったら、そのときはヴィエラ様を受け入れてね』

セレスティアの、他人の気持ちを才能や血統で判断する思考は昔から変わらない。高位貴族のアンブロッシュ家も同じだと信じている。

もう何を言っても意味がないと、この時点でクレメントは諦めていた。

家門の支配者セレスティアを止められる人間は、バルテル家の中にはいない。

幸いにもアンブロッシュ公爵家は家庭の事情を察しているのか、バルテル家そのものではなくセレスティアのみをうまく御してくれていた。

先日は王妃主催の茶会で、アンブロッシュ親子に手も足もでなかったとか。

セレスティアが夜の時間に庭園のベンチに腰掛け物思いにふけるなんて珍しいと、クレメントが声をかけてみたら――。

『わたくしも、もう判断が鈍る年になったようね……引き際なのかしら。ふふ、アンブロッシュ家に用意した話、無駄にしてしまったわ』

すっかり茶会の一件が堪えたようで、セレスティアは随分と大人しくなった。侯爵家の事業や夜会などの催し物に干渉することも減り、クレメントの婚約者選びは自由にしていいとまで宣言した。

余生は領地でのんびり過ごすつもりのようで、早くも荷造りを始めている。

セレスティアの呪縛が完全になくなるまで、そう時間はかからないだろう。

「僕が爵位を継いだら、いずれアンブロッシュ家に何か詫びとお礼をしないとなぁ」

クレメントがこう思うことを織り込み済みで、アンブロッシュ家はセレスティアだけを狙って動いたように思う。

家門としても差を見せつけられた気分だ。

「ほんと……こんな家に嫁ぐことになるより、ヴィエラ先輩はルカーシュさんと結ばれて良かったんだ。アンブロッシュ公爵夫妻も良い方だし、ユーベルト領は静かなところだから落ち着いて過ごせる。僕が諦めたほうが、ヴィエラ先輩は幸せになる違いない」

瞼《まぶた》を固く閉じて自分に言い聞かせ、片思いに区切りをつけようと試みる。

けれどすぐに先ほどの『おやすみなさい』とほほ笑むヴィエラの姿が瞼の裏に浮かんだ。

「～～っ、これが一週間だって⁉」

カッと目を見開いて、赤い髪を両手でかき乱した。

これは拷問か何かなのかと、誰かに怒りを向けたくなる。

「本当、どうやって諦めればいいんだよ。思い切って告白して玉砕するべきなのか？　でもヴィエラ先輩を困らせるだけの自己満足で終わりそうだし、もう後輩扱いしてくれなくなるだろうし……。つら……。そもそも振られたところで諦められる気がしない。もしかして、ルカーシュさんと入籍するまで僕はこのままなのか？」

さすがに正式にふたりが結婚したら、諦めがつく予感はしている。

ヴィエラとルカーシュは法でも結ばれ、遠いユーベルト領に引っ越す。物理的にも遠い存在になれば関わることも減り、気持ちも薄れるだろう。

逆を言えば、今のように近いところにいる間は無理ということだ。

「こうなったら今はヴィエラ先輩との遠征生活を楽しんでやる！」


開き直って翌朝。

クレメントはロビーでヴィエラの姿を探していた。

昼食は実験施設で弁当と決まっているが、朝食と夕食はホテルのレストランで各自自由となっている。一緒に食べようと誘うつもりだ。

しかし、ヴィエラはなかなか現れない。

自分まで集合時間に遅れるわけにもいかず、クレメントは先に朝食をとり始めるが、最後までヴィエラの姿は見つからなかった。

そして集合時間の直前になっても、彼女はロビーに来ない。

「僕、ヴィエラ先輩を呼びに行ってきます！」

待ちきれなくなったクレメントは、昨夜見た鍵の番号を頼りにヴィエラの部屋へと向かった。

（先輩は集合時間に余裕をもって来るタイプだ。どんなに徹夜をしても、遅刻したことがないのに。……おかしい）

昨日のヴィエラは後頭部を撫でる仕草が多かったくらいで、とても元気な様子だった。体調不良の可能性は低い。

夕食後、朝食の予告メニューが書かれた看板を見て顔を緩ませていたため、朝食を抜くとも思えない。

クレメントは部屋の前に着くなり、強めにノックをした。

「ヴィエラ先輩、おはようございます！　朝ですよ！　先輩！」

何度ノックをしても、名前を呼んでも返事はない。

扉に耳を当ててみるが、水の音は聞こえない。シャワーを浴びていて気づいてない、というわけでもなさそうだ。

「ヴィエラ先輩？　返事をしてください！」

返ってくるのは、静寂。

クレメントの背筋に冷や汗が流れる。

まさか……と引き寄せられるようにドアノブに手をかけた。

カチャリ、と音を立ててノブが回る音がする。そのまま奥に押すと扉が動いた。

鍵がかかっていない。

「……ヴィエラ……先輩？」

クレメントはゆっくりと扉を開き、部屋の様子にぼうぜんとした。

椅子は倒れ、寝具はめちゃくちゃに乱れ、鞄の中身がぶちまけられていた。

争った形跡が生々しく残されている。

「どこですか……ヴィエラ先輩！」

そうクレメントが叫んだが、どこにもヴィエラの姿はなかった。

＊＊＊

ヴィエラが遠征に出発した日、ルカーシュは手のひらにチャームを何度も載せていた。

訓練の休憩時間になると、汗を拭くより先に眺めてしまっている。

小さなガラスの筒の中には、ヴィエラの瞳と同じ色の石でできたイヤリングが入っていた。

ピンクダイヤモンドは今も淡い光をこぼし、存在感を示している。

（本当にヴィエラが近くにいるように思えるからすごい。彼女には敵わないな）

ヴィエラが実験遠征に行くと聞いたとき、自分でも驚くほど拗ねてしまった自覚がある。

子どもっぽいと笑われても仕方ないほどに、婚約者と離れたくないと感情的になってしまった。

しかしヴィエラは笑わず真剣に考え、ルカーシュのためにいろいろと用意してくれた。チャームだけでなく、ルカーシュが喜ぶことを調べて実行に移した。

手作りの菓子に、厳選されたお酒とつまみ。

柔らかい唇に、初々しい反応。

約束したため触れることはしなかったが、隣に温もりを感じながら眠れたのは最高だった。

目覚めが、ヴィエラがベッドから落ちた音だったのには驚いたが。

（次は抱き締めて寝ると伝えたときのヴィエラの顔、本当に可愛かったな。さぁ、どうやってその流れに持ち込もうか）

想像しただけで顔が緩んでしまう。

「キュルッ」

アルベルティナがルカーシュの頭を丸ごとガブリと甘噛みした。「ルカだけずるい」と言っている。

嘴《くちばし》を頭から外しながら、ルカーシュは勝ち誇った笑みを相棒に向けた。

「俺はヴィエラの婚約者なんだから、ティナより優遇されるのは当然だろう？」

「キュルゥ……」

アルベルティナがしょんぼりと頭を下げた。

強がれないほど、心にダメージを負ったらしい。

「悪い、俺が大人げなかった。ティナも寂しいんだな」

ルカーシュは眉を下げ、チャームをポケットにしまってから慰めるようにアルベルティナの頭を強めに撫でる。

気が合うのか、最近の相棒とヴィエラは嫉妬してしまうほど仲が良かった。

このグリフォンは、育ての親《ルカーシュ》にすっかり似てしまったらしい。

「一週間だ。そうしたらヴィエラは帰ってくる。今は俺だけで我慢してくれ」

「キュルルル？」

「分かった。今夜は厩舎で一緒に寝るよ」

アルベルティナの首をしっかりと抱き締めて約束の意思を伝えていると、後ろからクスクスと笑う声が聞こえた。

振り返れば、いつの間にか騎士団のトップである総帥ジェラルドがいた。

「よ、ルカーシュ。グリフォンと一緒に寂しそうにして、独占欲が強すぎて婚約者に逃げられたか？」

「まさか、ヴィエラは絶対に逃がしませんよ。今はただ魔法局の実験遠征で王都不在にしているだけです」

「お、おう。冗談だ。そう殺気を向けるな」

「たいして効いていないでしょうに」

ジェラルドは前任の神獣騎士団長だ。ディライナス王国との戦争において先頭で指揮を執った〝本物の英雄〟が、二十代半ばの若造の睨みを恐れるはずはない。

その証拠に、ルカーシュが視線を緩めてもいないのにジェラルドはカラッとした表情に戻って笑い始めた。

「すっかりあの魔法使いのお嬢さんに夢中だな。各方面から話をいろいろと耳にするが、悪い噂が全然ない珍しいタイプじゃないか」

「ヴィエラは素晴らしい女性ですから」

他人から見ても、ヴィエラは色気や猫被りで人を弄《もてあそ》ぶタイプではなかったらしい。

その上、身分差を指摘したくてもできないほど魔法の才能にも恵まれている。

文句を付けられる要素を、ヴィエラは持っていなかった。

夢中なのはルカーシュのほうだと、すっかり周囲は信じている。

これまでルカーシュを狙っていた令嬢たちも諦めムードで、最初にあった偽りの噂も流さなくなった。

英雄の引退は、色仕掛けで籠絡した令嬢のわがまま――そんなデタラメが、ヴィエラの耳に入ってしまう前に消えて良かったと思う。

「その様子じゃ、引退の意志は固そうだな」

ジェラルドが寂しそうなほほ笑みを浮かべた。

「はい。五年、この座で待ちましたが……」

「もう遅いか」

ルカーシュは頷くと、仲間たちから離れるようジェラルドを訓練場の端へと視線で誘った。窓のない壁に背をつけ、声量を下げた。

「待った結果、国王陛下は変わらないどころか、願いとは逆の道を進んでいます。ジェラルドさんが総帥になってから、各騎士団の風通しはよくなりました。でも……あなたがその座を奪ったときのように、国王陛下の気分で都合のいい人間に変えられたらと思うと国の行く末が心配です。現に魔法局は、ゼン殿やドレッセル室長といった方が陰で踏ん張っていますが密かに崩壊しつつあります。なにせ局長があれですから……」

魔法局の局長は、国王のイエスマンだ。

トップがそれで有能であれば問題ないが、そうでなければ皺寄せは部下にいく。

騎士団の先代の総帥も、国王から家門を優遇されてその座についた高位貴族だった。彼は恩を返す名目で国王に尻尾を振ることに注力するばかりで、現場にいる騎士の意見に耳を傾けないタイプの人間。

迎えた戦争の初動は最悪だった。

ワイバーン率いる敵国の神獣騎士と王宮の守りばかりに目が向き、最前線では必要以上の犠牲者が出た。

ルカーシュの仲間も数少ない友人も死んでいった。

不意を突かれ、いくつもの結界石が魔物寄せの魔法式に乗っ取られた。

あの戦争は、現場にいた騎士や魔法使いが必死に戦って手に入れた勝利だった。

戦後、前総師がその地位にい続けることに危機感を募らせたジェラルドは、前総師からその座を奪うため、国王の性格と思惑を利用した。

今の総師の家門より、アンブロッシュ家のほうが魅力的ではありませんか。私を新しい総師にすれば、空席になった騎士団長の座にルカーシュを押し込めますよ——と。

つまりジェラルドは部下《ルカーシュ》を売ったのだ。

そのことに負い目を感じているのか、ジェラルドが自分に弱いことをルカーシュは知っている。

「ジェラルド総師。国王陛下には、一方的に押し付けた恩では真の忠誠と本当の国の安寧は得られないことを分かっていただかないといけません」

「それを最初に分からせるのがルカーシュの役目か。血筋、経歴、名声のすべてが揃っている者でなければ強気で〝恩〟を撥《は》ねつけ、現実を思い知らせ、国王陛下に考えを改めさせられない……と。だから渋っていたのに、急に団長を引き受けると素直になったのか？　こうなる未来を予期して」

「予期したのは父ですけどね。そして今、引退できない俺への同情が国王陛下への不信に変わろうとしています。王宮内の支持は俺に傾きました。近いうちに、再び引退の承認を求めます。次は遠慮のない方法で……。そのときは味方してくれますよね？」

ルカーシュは無垢に見えるような、柔らかい笑みを向けた。

断られるなんて思っていない、純粋そうな部下の顔。

ジェラルドは軽く瞠目したのち、呆れたように「はは」と笑った。

「相変わらず冷酷な顔と甘い顔を使い分けて、人の心を誘導するのがうまいな。本格的に巻き込まれると分かっていても、大切に育てた部下に甘えられたら答えは決まっているじゃないか」

「ご理解ありがとうございます。あなたは素晴らしい上司です」

「そりゃ、どうも。で、引退したらその髪は切るのか？」

ジェラルドは、ルカーシュの腰まで伸びている三つ編みを見た。

ルカーシュが髪を伸ばし始めたのは、神獣騎士の団長の座についてからだ。

自分が団長でいる間は決して仲間は死なせないと、自分が希望の綱になるのだと――決意と願掛けの意味を込めて髪を伸ばし、仲間との絆が解けないことを祈りながら毎日編んでいた。

「きっと、このままです。引退しても、何かあれば俺はティナに乗って駆けつけますよ」

「それは心強い。では休憩の邪魔をしたな」

「いえ、総帥もおつかいお疲れ様です」

ジェラルドは、国王からルカーシュの引退に対する意志の探りと、引き留めを頼まれていたはずだ。

それを暗に仄めかすと、図星だったのかジェラルドは「全くだよ」と笑いながら訓練場を去っていった。

（これで引退への味方は揃った。次こそ首を縦に振ってくれるといいが。もし、これで納得せず考えが変わらなかったら国王陛下——あなたは周囲に失望され、賢王から愚王にされてしまいますよ）

あとは国王に決断を迫る絶好のタイミングを待つだけ。

と思っていたが、そのときは予想より早く訪れた。


実験遠征二日目の朝のこと。

神獣騎士と朝礼を終えたばかりのルカーシュのもとに緊急伝令が届けられた。

その場で報告を受けるが、いまいち理解が及ばない。

「ヴィエラが、攫《さら》われた？」

「はい。今朝、集合場所に来なかったようで部屋を確認しに行ったところ、中は激しく荒らされており、ユーベルト殿の姿だけ消えていたようです。現在ホテル周辺を捜索中とのことです」

「王宮所属の魔法使いの誘拐だ。現場に王宮からの騎士は派遣されるんだろうな？」

神獣騎士の団長として培われた冷静な面の自分が、落ち着いた態度で伝令係に確認する。

「すでに出発しております。ヴィエラ殿のご両親は王都不在、妹殿も成人前。婚約者であるヘリング卿に保護者になっていただきたいのですが」

「もちろんだ。捜査本部に案内してくれ」

副団長のジャクソンにあとのことを任せ、ルカーシュは伝令係についていく。

いつも通りの涼しげな表情に、しっかりとした足取りからは焦りは感じられない。

案内をしている伝令係は感心した視線を寄越す。

しかし今すぐアルベルティナに乗って捜しに飛び出したい衝動を抑えるので精一杯なほど、ルカーシュの思考はヴィエラで埋め尽くされている。

冷静な自分が『それでは解決しない。先に情報を集めろ』『冷静さを欠いて手順を間違えば失うぞ』と必死に訴え、ギリギリ理性を繋ぎとめている状態。

（どうか無事に見つかってくれヴィエラ……ヴィエラ……っ）

ぐっと拳を強く握り、王宮の一室に設けられた捜査本部にルカーシュは足を運んだ。

通信機で現地とやり取りする関係者の話に耳を傾けるが、有力な情報が得られていないらしい。

夕食後レストラン前で解散してから、第一発見者であるクレメントが部屋を訪ねるまでの間にヴィエラの姿を見た者はゼロ。

部屋は荒らされていたが盗まれた物はなく、強盗目的ではない。他の遠征メンバーは無事。主要街道に検問を設けたが、不審な馬車は今のところないようだ。

明確に分かっているのは、ヴィエラだけが狙われたということだけ。

(何が目的だ？　先日の魔物寄せの魔法式と同じ事件を起こそうと、解決できる者を事前に消すためか？　隣国が関わっているとしたら、俺への復讐か？　いや、そのふたつが目的なら、その場で殺すはずだ。生かして攫ったのはヴィエラ自身に価値がある証。俺の婚約者ということを利用してアンブロッシュ家に身代金を要求するつもりなのだろうか)

あらゆる可能性が頭の中を駆ける。

ただ、思いはひとつ。

(いくらでも払う。俺ができることならどんなことでもする。ヴィエラ、生きていてくれ)

チャームを握り、最愛の婚約者の無事を祈ることしかできない。

だがその日は目ぼしい進展はなく、時間だけが過ぎていった。

深夜になって事件の説明をしにアンブロッシュ家に戻れば、ヴィエラの妹エマが待っていた。彼女の目は痛々しいほど真っ赤に腫れており、姉を思って泣いていたことが窺える。

エマはひたすら「お姉様を助けてください」と頭を下げるばかりで、ルカーシュはそんな彼女に「任せろ」と断言できない無力感に打ちのめされそうになる。

「最善を尽くす」とだけ伝え、エマを両親に任せて再び新しい情報を待つため王宮に戻った。


それから二日経ったが、有力な情報もなければ身代金の要求もない。

アルベルティナに乗って空から捜し回りたいところだが、あてがなさすぎる。犯人らの向かった方角だけでも分かれば違うというのに。

ルカーシュは神に祈りながら、ただ部屋で待つだけの時間を過ごしていた。

（俺は一体どうしたら。ヴィエラがいない人生なんて、今更考えられないのに……神よ、チャンスをくれ。ヴィエラを見つけ、助けるチャンスを俺に……っ！）

チャームを握りながら神に懇願していると、遠征先のホテルから戻ってきたクレメントが捜査本部に入室してきた。

クレメントは第一発見者として、ホテルの裏口の位置や階段の数、別れた時間や朝ヴィエラを探したときの状況などを報告していく。

魔法通信の報告と差がないか確認のために呼ばれたらしい。

そんなクレメントの横顔を眺めてみるが、顔色がひどく悪い。動揺を隠せていない、ヴィエラを案ずる人間の顔をしていた。

いつもなら「お前がヴィエラのことを考えるな」と悪態をつくところだが、今だけは同じように大切な人を案じている仲間がいることに心強さを感じた。

(俺も随分と弱っているようだな……情けない)

そう内心自嘲していたら、報告を終えたクレメントと視線がぶつかった。

彼はわずかに緊張が帯びた表情を浮かべ、部屋の端に置かれたソファに座るルカーシュの前に立った。

「それ……見せてもらっていいですか?」

クレメントの視線は、ルカーシュの軽く握られた手に向けられていた。

そっと手のひらを開けば、ガラスの筒にピンクダイヤモンドのイヤリングが入ったチャームがキラリと輝いた。

クレメントが軽く瞠目する。

「ルカーシュさん、少し息抜きに付き合ってくれませんか?」

いつ新しい情報が入ってくるか分からないため、本当は席をあまり外したくない。

だが、クレメントの様子が少し妙だ。

アンバーの瞳は周囲を警戒しているかのように、ルカーシュと視線が合わない。

「分かった」

ルカーシュは目頭を揉み、いかにも疲れていて長く席を外すような仕草をしてから部屋を出た。

クレメントは廊下を少し進むと、小さな空き部屋へと入室するようルカーシュを促した。

テーブルや椅子には布がかけられ、あまり使われていない面談室のようだ。

そして鍵を閉めると、クレメントは扉に魔法を施した。

「クレメント、今のは？」

「防音の魔法を付与しました。それよりそのチャームの先についているのは、ヴィエラ先輩がつけていたイヤリングですよね!?　見せてもらってもいいですか!?」

「そうだが、壊すなよ」

気は進まないが、クレメントがあまりにも切実そうな眼差しを向けてくるので渡す。

クレメントは手のひらに載せてまじまじと観察すると、口元を緩ませていった。

「このピンクダイヤに込められた魔力、ヴィエラ先輩のですか？　他人の魔力なんて混ざっていませんよね？」

「遠征前日、ヴィエラが魔力を込めるのをこの目で見た」

「はは！　最高の素材でこの大きさ、しかも純粋な魔力が飽和状態で込められている。……ルカーシュさん！　もしかしたらヴィエラ先輩の居場所を突き止められるかもしれません！」

渇望していた希望に、ルカーシュの冷静な仮面が外れる。

「どういうことだ!?　どうやったらヴィエラの居場所が分かる!?　ヴィエラはどこに……！」

赤髪の青年の両肩を強く掴み、声を荒らげた。

相手は初めて見るルカーシュの態度に一瞬驚きの表情を浮かべた。

が、すぐに真剣なものへと転じた。

「ストーカー魔法を使うんです」

ストーカーとは、特定の人に付きまとう迷惑行為を繰り返す人をさすはずだ。

物騒な言葉にルカーシュは顔を顰《しか》めつつ、クレメントの説明に耳を傾ける。

「専用の羅針盤を用いて、対象者の居場所を監視するときに使う魔法の名前です。魔法使いは自分が魔力を込めた物を印に場所を追跡することができるため、本来は親が子どもに印を渡すことで安全を見守ろうと開発されたのですが……それよりも、好意を寄せている相手の服や鞄に忍び込ませて付きまとうストーカーのほうが多くなってしまって、その魔法が使いにくくなるよう不名誉な名前がつきました」

確かになんて酷い名前の魔法なのだろうか。

ルカーシュは眉間の溝を深めたが、ヴィエラから受け取ったのは自分だ。ストーキングされる立場にある。

「ヴィエラ先輩は、きっと何も考えずに渡していますよ。ちなみに、僕も使うほど落ちぶれていませんからね」

「分かっている」

ヴィエラは遠征中だけ預けるつもりで渡してきたのは明らかで、すでに同じ屋敷に住んでいるから不要な魔法。

悪くないかも……と思ったのは秘密だ。

そしてクレメントが使っているなら、とっくにヴィエラを見つけているだろう。

少し頭が冷えたルカーシュはクレメントの肩を解放し、疑問を投げかけた。

「しかし、ストーカー魔法だとヴィエラ本人がいればイヤリングを追跡できるが、イヤリングだけあっても俺ら側からヴィエラの場所は追跡できないのでは？」

「普通はそうですね。追跡中は居場所を示してくれる専用の羅針盤に魔力を込め続けなければならないので、魔法使い側からしか追跡できないのですが、このイヤリングは最高素材。羅針盤を数時間稼働できる分だけの魔力が込められています」

「なら、すぐにでも羅針盤を使って追跡を――」

だがクレメントは首を横に振った。

使用方法が通常と異なるため、羅針盤の魔法式を改良する必要があるらしい。

そして魔法使いは自分の魔力が邪魔してしまうため、イヤリングを使った方法を用いることができないというのだ。

「誤作動を心配することなく魔道具を使えるのは、おそらくグリフォンとの契約で完全に自分の魔力を封じられている人――神獣騎士か神獣乗りだけでしょう。魔力を込めている間、羅針盤の針が示す方角を追いかける方法になります」

「相手が誘拐に手慣れた犯罪者であり、ヴィエラが人質になっていることを考えると、救出のためにも神獣騎士が望ましいな。それも複数人……」

「改造した羅針盤は信用できる協力者とともに、僕が明日の朝までに用意してみせます。ルカーシュさんは神獣騎士が出動できるよう、密かに根回しを」

「それは――」

クレメントの言葉に引っ掛かりを覚える。

今の状況だって、そうだ。

なぜか捜査本部で提言せずルカーシュを外に連れ出し、ふたりきりになってから話を切り出した。

そして扉には防音の魔法をかけるほど、クレメントは周囲を警戒している。

「クレメント、王宮関係者に内通者がいるんだな？」

ルカーシュの問いに、クレメントは「おそらく」と険しい表情を浮かべて頷いた。

実験遠征のメンバーは、従業員から手渡された鍵に書いてある番号を見て、自分に割り当てられた部屋を初めて知った。

つまりヴィエラの部屋番号を知っているのは、従業員とそばにいた遠征メンバーのみ。

フロアもバラバラで、二階に泊まったのはヴィエラだけ。クレメント以外の遠征メンバーが鍵番号を聞いたり、ヴィエラの入室する姿を見届けた様子はなかったらしい。

「遠征も急に決まったものですし、都合よく犯人が従業員になりすましてホテルに潜入するのは難しいでしょう。元から協力者のいるホテルが滞在先になるよう、誘導されたと考えるほうが妥当です」

「王宮の役職持ちもよく使うホテルと聞いていたが、情報を抜き取るために裏組織の人間が常に潜入していてもおかしくはないな。分かった。慎重に動く」

ヴィエラの居場所を突き止める方法があると犯人側に漏れたら、邪魔される可能性がある。この話は信頼できる者だけを集めた少人数で進めたほうがいいだろう。

だが、信頼とは関係なく避けては通れない人物がいる。

ルカーシュは一度深く息を吐いて、クレメントに頭を下げた。

「羅針盤は頼んだ」

「徹夜で仕上げてみせます。ルカーシュさんも頼みましたよ」

クレメントはチャームをルカーシュの手に戻した。

ふたりは頷き合うと、それぞれの目的の場所へと向かったのだった。

ルカーシュは神獣騎士でも特に信頼できる仲間に出動に備えるよう伝え、総帥ジェラルドにも説明。

羅針盤の性質上、地上からの捜索では時間がかかることを理由に上空から捜索したい。

ヴィエラの特徴をよく知るルカーシュが向かったほうが発見も早く、騎士の動員人数も少なく、出動期間も短く済ませられる。

内通者が潜んでいる可能性も考え、最低限の人数で動きたい――など、あらゆる理由をあげて作戦の正当性を伝えた。

そしてジェラルドが国王から出動の承認を求めるために動き、一度は許可が下りたのだが……。

「ルカーシュ・ヘリングおよび神獣騎士は、私のそばを離れてヴィエラ・ユーベルトの捜索に向かうことは認めぬ」

出動を夕方に控えた当日の早朝、国王はルカーシュを私室に呼び出してそう告げた。

（まさか、国王陛下はまた自分本位の考えを通すつもりか⁉）

実は昨晩、王宮に脅迫文が届いたのだ。

内容は――その玉座に、我らに与えられてきた苦しみの矢をお返しいたします――と復讐や反逆を示唆するもの。

そしてタイミングを狙ったかのように、反乱組織が動いている情報まで入ってきた。

つまり国王は自分の命が狙われているとして、守りを固めるべく神獣騎士の出動許可を撤回すると言い出したのだ。

この突然の判断はルカーシュだけでなく、ジェラルドもこの場で初めて聞いたらしい。驚きの表情を浮かべている。

ただ騎士団のトップの総帥である自分に相談もせずに下した独断を、ジェラルドはもちろん受け入れない。

「昨夜もご説明した通り、国王陛下の守りは近衛騎士がいたします。引き続き、彼らを信用ください！」

「しかしジェラルド。相手が軍を持つレベルの組織で動いていた場合、王宮ごと狙われかねない。最大戦力は王宮に残しておくべきであろう」

「神獣騎士のすべてが捜索に行くわけではありません。出動申請はヴィエラ・ユーベルト殿の顔をよく知っているルカーシュ含む、最低限の三名。次期団長のジャクソンも残りますし、私も国王陛下のそばに控えます。どうか、捜索の許可を」

ジェラルドは食い下がり、出動撤回を白紙にするよう強く求めた。

それに対し国王は軽く眉をひそめ、呆れたように言い放った。

「王宮魔法使い一名のために、王宮の安全性、ひいては国防を損なうわけにはいかないであろう」

しん……と、一瞬にして重たい沈黙が部屋を支配した。

この部屋にいる国王以外の者――ルカーシュ、ジェラルド、近衛騎士たちの纏う雰囲気が冷たいものへと変わった。

国王は空気が変わったのを察し、慌てるように視線を巡らせるが、皆視線を合わせようとしない。

唯一合わせたのは、ルカーシュだけだ。

だが眼差しは酷く冷たく、君主に向ける類《たぐ》いのものではない。

「陛下、本気で仰《おっしゃ》ってますか？」

感情が込められていない、静かな問いかけ。

国王は息を呑むが、プライドもあるのだろう。顎を引き、ルカーシュを睨み返した。

「攫われた王宮魔法使いは、確かお前の婚約者だったな。助け出したい気持ちは分かるが、私情を挟まれては困る。ルカーシュ、お前は国の顔である神獣騎士の団長なのだ。立場を自覚し、国防に専念せよ」

私情を挟んでいるのは一体どちらか。

ルカーシュは膝に載せていた拳に静かに力を込めた。

（なるほど。国王陛下は……俺の敵らしい）

そう認識した途端、胸の奥が怒りで熱くなっていく一方で思考は冴えていく。

どうやって相手を追い詰め、勝利を収めるか。

あとで有効利用するために手加減するか、容赦なく再起不能にするか。

戦争のときに敵と対峙していた頃の感覚が蘇る。

ルカーシュは敵意と軽蔑の色を隠すことなく、さらに眼差しの温度を下げた。

「そのご命令、同意しかねます。王宮に所属し、国の平和を支えている魔法使いの救助が俺の単なる私情と？　陛下に分かっていただけないとは残念でなりません」

「私の考えが間違っているというのか！」

生意気ともとれるような態度で反対された国王は、冷静さを欠いたように大声をあげた。

一方でルカーシュは一切の動揺を見せない。

「前回の遠征で、結界石の魔法式を書き換えられる事件がありました。同じことが起きた場合、誰が解決できるのでしょうか？　再発防止のための新しい結界の魔法式は完成していませんし、同レベルで解除ができる魔法使いも育っていません。ヴィエラ・ユーベルトに何かあれば切り札を失うことになり、それこそ国防の危機ではありませんか？」

「それは一理ある。だが、現在重要な結界石の設置エリアには神獣乗りが巡回している。同じ事件が起きる危険性は高くなく、今まさに直面している王宮の危険性を重要視するべきだ」

国王は渋り、やはり意見を変えようとしない。

戦争当時と同じく、自分の身の安全のことしか考えていなかった。

前回の戦争は勝利できたという実績が驕《おご》りとなって、別の危機を呼んでいる自覚がないらしい。

こうも簡単に国を支えてきた人物……しかも最近自ら重用した才能ある若者すら見捨てるのかと、ルカーシュたち騎士の忠誠が急速に離れていることに、まだ国王は気づいていないようだ。

「ルカーシュ・ヘリング。お前と神獣騎士は王宮に待機だ。いいな？」

「従えません」

「……貴様、私に背くつもりか？　覚悟はあるんだろうな？」

国王は怒気を含んだ声色で脅しをかけた。

ルカーシュは真っ向から受け止め、冷たい無表情を突き通す。

「えぇ、どうぞ処罰をお与えください！　謹慎ですか？　減給ですか？　降格も悪くないですね。いえ、この際解雇していただけると自由になれるので助かるのですが」

「解雇だと⁉」

「引退したいと辞表を提出していたではありませんか。この役職も押し付けられた立場です。退職金がいただけなくなるのは惜しいですが、命令に従わない騎士なんて不要でしょう。さっさと辞めたいので、この場で処罰を宣告してくださいませんか？　それとも不敬罪で投獄ですか？　国王陛下、ご判断を」

ルカーシュ自ら処分を求め、それが想像していた以上の重さだったことに動揺したのか、国王の顔から一瞬にして赤みが引いた。

正気か、とルカーシュに視線を投げかける。

それに対しルカーシュの態度は崩れない。

やるならやってみろと、強気な視線を返すまで。

「くっ」

国王は狼狽《うろた》えながら、総師ジェラルドに助けを求めるよう視線を移す。

しかし――。

「私が国王陛下に意見なんてとんでもないことでございます。近衛騎士や王宮騎士の実力を鑑みれば神獣騎士の出動の影響は少なく、それもたった三名を出しても問題ないという判断を数分前に否定されたばかりの総帥でございます。どうやら私はお飾りで役職をいただいた人間らしい。陛下のお力になれるとは思えません」

ジェラルドは感情のこもらない口調で淡々と述べ、一線を引くように視線を落とした。

総帥から実権を取り上げたのなら、自身で責任を持てと言うように。

国王は近衛騎士たちにも視線を巡らせるが、自分の上司である総帥でも無理だというのに、彼らができるはずはない。すっと視線を落とし、拒絶の意を示した。

この場に、国王の味方はゼロ。

国王は自分で自分の首を絞めたとようやく知り、息遣いを浅くした。

しかも、英雄の処遇という大きな問題について答えを出さなければいけない。

戦争が起きて一度下がってしまった国王の支持が完全復活したのは、ルカーシュという理想を具現化したような英雄が人気を集めたお陰だ。

国王が英雄を団長として重用し、アンブロッシュ公爵家を抱え込み、王家の権威は強固だとアピールしたから支持が回復したと言っても過言ではない。

あの英雄が忠誠を捧げたのだから、国王は素晴らしいのだ――と、イメージを都合よく誘導して。

手放したくはないのは当然だ。

しかも最近になってルカーシュは、さらに評判を集めている話も耳にした。

先日も妻の王妃から、ルカーシュのただならぬヴィエラへの独占欲の話を聞かされたばかり。

影響力のある貴婦人たちは茶会でその光景を目撃し、英雄の熱愛を称賛したという。

愛する婚約者を救いたいというルカーシュに集まる同情の多さは無視できない。

心を痛める英雄に処罰を下し、その理由が広まれば、国王の立場は大きく揺らぎかねない。

国王は頭を抱えた。

(恩を与えたのにどうして……と国王陛下は思っていそうだな。これまで相談をするだけして、結局自分では深く考えず優秀な人間に任せっきりだった御方だ。望んでもいない恩を受けざるを得ない状況はどんなことか、実際に経験しないと理解できないだろう)

苦悶の表情を浮かべる国王に、ルカーシュはとびきり柔らかい笑みを浮かべた。

国王はぎょっと目を丸くする。

表情が急に変わりすぎて、臣下の意図が読めない。

探ろうとすればするほど、不思議と美貌の騎士の笑みに引き寄せられ、目を離すこともできなくなってしまう。

先ほどまでの冷酷な表情のほうが幻ではないかと、そんな錯覚に陥るほどルカーシュの笑みは堂々たるものだ。

「俺も悪魔ではありません。国王陛下、簡単な解決方法がございますよ」

この場に国王の味方はいない。

薄氷の上に立たされた窮地で与えられた天使のような眩しい笑みと、やさしい口調で告げられる魅力的な言葉。

普段であれば、強引さに不信感を抱《いだ》くところだ。

しかし今は追い詰められ、完全に冷静さを失っていた国王には効果覿面《てきめん》だった。

自身を悩ませているのは誰だったのか。

そんなことを忘れてしまうほど、唯一の救いに感じたのだろう。

「ルカーシュ、私はどうすれば」

英雄を取り戻したい国王は前のめりになり、縋《すが》るように問うた。

見えない駆け引きの天秤が、完全に傾くのが分かった。

騎士らは、誰が勝者か確信する。

「陛下、それはですね――」

そうして笑みを深めたルカーシュは、提案という拒否できない恩を与えた。

＊＊＊

（どこまで行くんだろう）

ヴィエラは馬車の揺れを感じながら、ため息をついた。

手足はロープに縛られ、目元と口に布を巻かれ、抵抗できない状態で横たわっていた。

聞こえるのは車輪の音だけで、防音性から個室タイプの馬車で運ばれていると推察している。

遠征初日の夜、後頭部が痛くて眠りが浅かったヴィエラはガチャリと鍵が開けられる音で目を覚ました。

起き上がって目に入ったのは、仮面を被った二人組の侵入者だった。

でもヴィエラは戦闘力ゼロの貧弱な魔法使い。気づいたところで抵抗できる手段は少ない。枕や鞄を投げつけたりするのが限界で、あっという間に捕まってしまった。

（あの場で何もされなかった。殺人や乱暴目的でなかっただけ幸運と思わないと）

ヴィエラは自分に言い聞かせて、恐怖を抑え込むように体を小さく丸めた。

誰かに恨まれるようなことをした覚えはない。実家は貧乏で、身代金は期待できないのは誰もが知っている。

ではルカーシュと婚約していることから、アンブロッシュ公爵家に何かしら要求したいことでもあるのか。

いや、それなら単なる婚約者ではなく、血が繋がった親類を狙ったほうが効果的だ。

いろいろと考えてみるが、どれもピンとこない。

ヴィエラをスムーズに連れ去ったことから計画的な犯行であり、何かしら組織的なものを感じるが、それだけで目的は分からない。

（どうして私が……）

混乱と心細さで、じわりと目頭が熱くなる。

瞼の裏に大好きな婚約者の姿が浮かんだ。

（ルカ様に会いたい……。助けて……っ）

婿探しでなげやりになったとき、父親の本当の体調が分からないとき、魔力切れを起こしたとき。ルカーシュはヴィエラが困っているときに必ず手を差し伸べてくれた。

彼ならまた助けてくれるのではないかと、勝手に期待してしまう。

ピンクダイヤモンドのネックレスは幸いにも奪われていない。

繋がっていると自分で口にした言葉を心の支えにして、胸元にあるピンクダイヤモンドに願う。

そうして時間の経過の感覚がなくなってきた頃、馬車が突然停まった。

「んぐっ」

勢いで体が壁に当たって痛みを感じるが、手足の自由がない今は静かに耐えるしかない。

すると外から、怒号と剣がぶつかるような金属音が聞こえてきた。

（争ってる？　もしかして助けが――ううん、野盗の可能性もある。神様お願いします……助けであって……！）

身を縮ませ、外が落ち着くのを待つ。

どうか、どうか……と繰り返し祈る。

そして数分も経たないうちにガチャリと扉が開く音が耳に届いた。

「おい、中に女性がいるぞ！」

遠くへ呼びかけるような男の声が聞こえた。

その男の気配がヴィエラに近づいてくる。

「我々は警邏隊《けいらたい》だ。あなたは一体……」

そう言って、丁寧な手付きでヴィエラに巻かれていた目元と口元の布を外した。

ピカッと強い光が目に入り、ヴィエラは目を瞑《つむ》った。

けれどこじ開けるように目を細く開けると、光の正体は魔道具のカンテラの光だったと分かる。

カンテラを持っている男は髭のない清潔感ある顔で、質の良い生地の制服を纏い、キリッと締まった表情をしていた。

本物の警邏隊の人間だろう。彼の後ろから覗く他の人も揃いの制服を着ている。

どっと、ヴィエラの体から力が抜けた。

「わ、私はトレスティ王国の王宮魔法使い、技術課に所属しているヴィエラ・ユーベルトです。その……宿泊先で寝ていたら知らない人たちに捕まって、運ばれて……」

震える唇を必死に動かして経緯を伝える。

「王宮魔法使いだって⁉　なんてことだ……。今すぐ安全な場所にお連れいたします」

警邏隊の男は焦った様子でヴィエラの手足のロープを解く。

ホテルで抵抗したせいか、痣になってしまっていた。痛みも少しあり、ヴィエラは顔を顰めた。

「医者も手配しておきましょう」

「ありがとうございます。その、私を捕まえた人たちは……？」

「馬車の御者役の男と一緒にいた男女二名の計三名を捕縛しました。こちらは応援を呼んで、のちほど警邏隊の詰め所に連行します。ですので、ヴィエラ殿は馬車に乗せたままお連れいたします」

「分かりました。お願いします」

ヴィエラは寝間着のままだ。この姿を外にさらさずに済む配慮に、心の中で感謝する。

警邏隊の男が御者となり、馬車を出発させた。

（見つけてくれた人が警邏隊の人たちで良かった。でも、ここは一体どこの街なのかしら？）

小窓からは景色が見えるので、ヴィエラは観察を始めた。

馬車は見覚えのない夕方の森の中を走っている。揺れが少ないことから街道は比較的整備されており、それほど王都から離れていないことは窺えるが街の名前までは分からない。

助かったとはいえ、自分が置かれた状況が正確に分からないというのは心細くなる。

（ルカ様……）

ヴィエラはネックレスをぎゅっと握って、気を紛らわせた。

しばらくして馬車は、ユーベルト家の屋敷とほぼ変わらない二階建ての屋敷の前で停まった。

「ヴィエラ殿、どうぞこちらに」

警邏隊の男に促され、こぢんまりとした屋敷の中へと入る。

するとひとりの男が待っていた。ヴィエラも知っている顔だ。

落ち着いた茶色の髪に緑の瞳を持つ結界課二班の元班長――レーバン・サルグレッド。

とある領地にある結界石の管理者を務める人物だったはずだ。

レーバンはヴィエラを目にするなり、右の義足を器用に動かしながら駆け寄ってきた。

「ヴィエラ殿がどうして我が家に!?」

「ここはレーバン様のお屋敷なのですね。実は宿泊先のホテルで襲われて――」

ヴィエラは自分の分かる範囲で状況を簡単に説明した。そして警邏隊が補足する。

「街の中にもかかわらず馬車のスピードが速かったことから、注意のために馬車を追いかけたのですが、森の中に入ったところで相手が攻撃してきたのです。そして相手を捕まえ、馬車の中を確認したらユーベルト殿が――」

警邏隊の話から今日は遠征二日目の夜にあたり、場所は王都からふたつ隣のグラニスタという街ということも分かった。

レーバンは痛ましそうな表情を浮かべ、ヴィエラにジャケットを羽織らせた。

「確かに、犯人がいる詰め所より私の屋敷で保護するのがいいでしょう。災難でしたね。ヴィエラ殿について、私から王宮に連絡をいたします。この建物には警邏隊に相談して追加で見張りを配備しますので、安心しておやすみください。そこの君、ヴィエラ殿に滞在中の服を貸してやってくれないか？」

使用人の女性が「おまかせください」と、躊躇《ためら》うことなく頷いた。

王都からグラニスタの距離を考えたら、数日お世話になることは間違いない。

急に押しかけたも同然なのに、レーバンと使用人は迷惑そうにする素振りを一切見せずに接してくれる。

その気遣いはありがたいことだ。

「少しの間お世話になります。どうか、よろしくお願いします」

「もちろんです。若き王宮魔法使い殿が快適に過ごせるよう、他の使用人にも伝えておきます」

「本当にありがとうございます」

そうして使用人に案内された部屋は、ホテルよりも充実していた。

見た目からふわふわ感が分かる寝具に、机には専用の照明が備え付けられ、もちろんトイレとシャワーもある。

屋敷の大きさから見れば、ここは一等級の客室だろう。

「こんな良いところを使ってもよろしいのですか？」

「ヴィエラ様は王宮魔法使い様でございます。どうぞご遠慮なくお使いください。のちほど着替えとお食事もお持ちしますね」

使用人はまるで高貴な人間にするような礼をしてから、部屋を出ていった。

ヴィエラは脱力したようにベッドに倒れ込む。

「夢じゃない……よね？」

まさに怒涛の展開だった。

運よく警邏隊に助けてもらったものの、誘拐犯らの魔の手から逃れられたことが実感できずにいた。

でも、体を包み込むベッドの柔らかさは本物だ。

緊張の糸が途切れた瞬間、急激な眠気が襲ってくる。

攫われたときから眠ることができず、長時間こわばっていた体は疲労困憊で、休息を強く求めていた。

（着替えを受け取ったり、夕食も来るのに……。分かっているけど……）

抗えない眠気は、魔力が枯渇したときと似ている。あのときはルカーシュが抱えてくれた。

でも今、彼はここにいない。

ヴィエラは胸元のネックレスを服の上から握り、半ば気絶するように意識を手放した。

「……ん？」

重い瞼を開け周囲を確認すると、机の上には軽食と着替えが置かれているのが目に入った。

ありがたい、とぼんやりしながら窓の外を眺めれば、空が群青色から東雲色《しののめいろ》へと変わり、まもなく日の出を迎える時間を示している。

ようやく一晩寝てしまったことに気がついた。

「しまった！　レーバン様が王宮に連絡してくれると言っていたから、その後の説明とかあったはずなのに！　今からでも……あぁ、起こしてしまっては駄目だわ」

普通の人が活動するには早すぎる時間だ。まだ寝ていると思ったほうがいい。

先に身なりを整えるため、シャワーを浴びることにする。

冷たい水ではなく温かいお湯は心と体の緊張を解し、安心感を与えていく。幸運にも助かったのだと、より実感していった。

それから洗面台を見ると、化粧水にボディクリーム、髪用の香油からブラシまで用意されていた。

（シャンプーも甘い香りだし、この客室は女性が使うことが多いのかしら？）

充実した部屋に感心しながらヴィエラは肌を整え、用意してある着替えを借りて袖を通す。下着はストックを出してくれたのか、新品に見える。

シンプルな白のブラウスと紺色のスカートも使用感がなく、新品のようだ。ウエストが少し緩いが、予測してかサスペンダーも用意されていたので問題ない。紐付きのショートブーツはサイズもピッタリ。

至れり尽くせりとはこのことをいうのだろう。

軽食もいただいて少しすると、使用人がヴィエラを呼びに来た。

案内されたのはレーバンの執務室だ。

この街を守る結界石の場所が分かる大きな地図が壁に貼られ、たくさんのメモがピンで貼り付けられている。更新日や結界石の稼働状況などが丁寧に書かれていた。

レーバンの管理者としての真面目さが窺える。

「ヴィエラ殿の今後についての説明をしますね。どうぞこちらに」

「失礼いたします」

ヴィエラは、レーバンの机の正面に用意された椅子に腰を下ろす。

「王宮でもヴィエラ殿の失踪は把握しており、無事でいることを喜んでおられました。後日タイミングを見て、王宮から迎えを寄越してくれるそうです」

「タイミング……。すぐには無理ということですか？」

「王宮内でも何か問題が起きたようでして、詳しいことは私にも。ただ王宮からも保護を継続するよう指示をいただいておりますので、屋敷には遠慮なく滞在してください」

「そう、ですか」

ヴィエラは肩を落とした。

本当は今すぐにでも王都に帰りたいが、単なる平職員が王宮の事情より優先してもらうことは難しい。

自力で帰ることもできなくはないだろうが、また狙われる可能性もある。犯人は捕まったというが、協力者が残っている可能性はゼロではない。

迷惑をかけないためにも、今は大人しくするしかないだろう。

「ヴィエラ殿。気を紛らわすついでに滞在している間、私の魔法の研究を手伝ってもらえませんか？」

身ひとつで攫われたため、読もうと思っていた本や結界の魔法式の資料は手元にない。手持ち無沙汰になるのは目に見えている。

魔法が好きなヴィエラにとってレーバンの提案は魅力的だ。

気を使わせてしまったことは察したが、力になることでお礼をしようと切り替える。

「私で良ければ！　ちなみに、どのような研究をなさっているのですか？」

「魔法式の解除の鍵となる魔法——逆算式を求める研究をしているんだ。隣の部屋で見せてあげますね。どうぞ」

こうして入れてもらった隣部屋は、魔法使いなら興奮せずにいられない宝庫だった。

魔法に関する書物で埋まった本棚がいくつも並び、ガラスのショーケースには見たことがない魔法式が刻まれた魔道具が展示されている。特別なショーケースを用いているのか、魔法式が常に浮かぶようになっているようだ。

その中でも特に目を引かれたのは、中央の大きなテーブルに置かれている銅板だ。魔力のインクではなく、銅板に直接魔法式が彫られている。

「私は逆算式を求めるのが趣味でね。今はこの銅板に刻まれた魔法式の逆算式を求めているところなんです」

魔法局では廃棄するような失敗作も、利益を求める一般的な会社はできるだけ素材を再利用する。

しかし、ヴィエラのように感覚で次々に魔法式を解除できる魔法使いはいない。

そこで活用されるのが逆算式である。製品に使われる魔法式の対《つい》になる逆算式があれば、容易に解除が可能になるのだ。

引退した王宮魔法使いが、再就職先で魔法式の逆算式の研究を始めるのは珍しいことではない。

（レーバン様は結界課の元班長なのに、研究を趣味に留めているなんて。やはり怪我の影響は大きいのね）

以前、レーバンは戦争の余波で片足を失ってから、魔法がうまく使えなくなったと言っていた。

元班長の経歴があっても研究所への再就職は厳しいのだろう。

ヴィエラは少し苦い気持ちを抱きながら、銅板を観察した。

「すごく複雑ですね。これは一体？」

「もう使われてない、百年ほど前の結界の魔法式です。当時付与したものの魔法式が難しくて解除できず、素材となっていた銅板ごと交換しながら更新していたのですよ。この図面のような増大装置に嵌《は》めて、結界の範囲を広げる方法を用いてね」

「この彫りは、魔力が銅板を変質させてできた跡というわけですか。このようなものは初めて見ました」

知らなかった結界の歴史に触れられ、ヴィエラはますます銅板への興味が高まった。

「ヴィエラ殿、どうですか？　昔の魔法局でも手に余った魔法式を攻略できたら、とても面白いと思いませんか？」

「はい。これは研究の題材としてはロマンを感じますね」

「義足の件でも助けていただきましたが、ヴィエラ殿は解除魔法が得意だったと記憶しております。ちなみにこの魔法式、今のあなたは解除できそうですか？」

「うーん、少し触れてもいいですか？」

「どうぞ」

ヴィエラは指先でなぞりながら、銅板に刻まれた魔法式を読む。

魔物が嫌う振動の指定や魔力の自動供給の式は、現代の式とほぼ変わらない。

だが効果を及ぼす範囲はとても広く、とくに保護目的と思われる魔法式が細かく組み込まれており、結界の式に魔物寄せの式が重ねられたとき以上の難易度。

見るからに解除が難しそうで、鉄壁の守りと言える。

一分ほど魔法式を睨み、ヴィエラはレーバンに答えを告げた。

「すぐに解除するのは難しいと思います。保護魔法の部分は初めて見るタイプで、そこが難点です。けれど、そこが理解できれば手が届きそうなイメージはありますね」

「ほう、不可能ではないと。それもひとりで、ですか？」

「はい。保護魔法をもっと理解して、練習して感覚が掴めればできそうですね」

「やはりあなたには才能がある……！」

レーバンは興奮を抑えきれないと言わんばかりに、痛いくらいにヴィエラの両手を強く握った。

この魔法式の解除に強いこだわりがあるらしい。期待を寄せられていることが、ひしひしと伝わってくる。

「でも、私は感覚的にできそうなだけで、逆算式まで組み立てられるか。それに時間も……」

力になれるのは嬉しいが、手伝えるのは王宮の迎えがくるまでの間だけだ。

それに人の研究の答えを導き出し、完全に成果を奪うつもりはない。

「かまわない。ヴィエラ殿の手で解除できるところを見られれば十分です。ちなみに何日あれば実現できそうですか？」

「分析と検証を実際にしてみないことにはなんとも」

レーバンはどこか結果を急いでいる様子だが、初めての魔法式の前ではヴィエラも断言できない。眉を下げて、予防線を張っておく。

「それはそうですよね。失礼いたしました。ではこの部屋は自由に出入りしてもかまいません。本はこれが参考になるでしょう。それでは、また様子を見に来ますね」

レーバンは本棚から数冊選ぶとさっと研究部屋から出ていった。

「急いでいる……？」

研究対象は過去の魔法式で、逆算式を求めるのに期限は気にする必要はないはずだ。

しかし、なんとなくプレッシャーを感じるのはなぜだろうか。

そんな疑問はあるものの、魔法式への興味が勝ったヴィエラは気持ちを切り替えて本を開いた。

レーバンが勧めてくれた本は保護魔法の成り立ちやそれに基づいた逆算式の予測など、とても吟味された内容だった。

実験遠征のために結界の魔法式について勉強していたのもあってか、ヴィエラの理解もよく進む。練習を重ねれば、すでに解除できそうなイメージもなんとなく掴めている。

しかしながら、ヴィエラはレーバンに対して正直に進捗を伝えることに躊躇いがあった。

「レーバン様、王宮から迎えの目途については連絡は届いておりませんか？」

「それがまだ。連絡があったら、すぐにお知らせします」

保護されて四日目の今日、執務室を訪ねて質問した答えは昨日と同じ。

(私は下位だけれど貴族であり、王宮魔法使い。王宮で何かあったとしても、どれくらい遅れるとか連絡があってもいいのに。それとも、神獣乗りや護衛につく騎士を出せないほどの事件が？でもレーバン様は王宮を心配している感じではないわ)

レーバンのヴィエラに対する態度はとても丁寧で、快適に過ごせるよう配慮してくれている。

一方で、どうしても言葉では表せない違和感がずっと付きまとっていた。

まるで滞在期間が延びることを歓迎しているかのような口振りのときもあるのだ。

単なる研究の手伝い要員として重宝《ちょうほう》しているだけなら良いのだが……。

「それより、銅板の魔法式はだいぶ理解できるようになりましたか？　現役の王宮魔法使い、しかも遠征で例の重ね掛けされた魔物寄せの魔法式を解除できたヴィエラ殿であれば、そろそろ付与できるくらいに理解できていそうですが」

「……はい。練習をすれば、付与はできると思います」

結界課の元班長だけあって、王宮魔法使いの学習レベルを熟知している。

下手に隠してはいけないという謎めいた危機感を感じ、この場は素直に答えることにした。

「さすがです。どうですか？　解除できそうな感覚はありますか？」

レーバンは目を輝かせ、満悦の表情を浮かべた。

でも、向けられた視線はヴィエラの思考を探るような鋭さがある。

蛇に睨まれたカエルの気分だ。

これは正直に答えてはいけない——そう直感が告げているが、同時に嘘をついたら危険だという警鐘も頭の奥から聞こえてくる。

「ヴィエラ殿?」

「今は魔法式を理解したばかりでなんとも。これから解除に向けてイメージを膨らませてみます。専門外の魔法式ですから、もう少し時間がほしいところです」

嘘にならないよう、大げさに謙虚にして伝える。

眉を下げ、いかにも苦戦しているのですと言うように。

数秒見つめ合ったのち、レーバンが視線を外した。

彼は引き出しから羊皮紙の束を取り出し、ヴィエラに差し出した。

光の文字として浮かぶ魔法式が読み取りやすいよう真っ黒に染め、特殊加工が施された練習用の紙だ。

「どうぞお使いください。後ほど、見にいきますね」

「分かりました。では失礼します」

ヴィエラは執務室を出て研究部屋に入るなり、羊皮紙を見つめた。

(……これはレーバン様の研究で、私のやるべきことではない。なのに、まるで教師から与えら

れた課題のような、上司から命じられたノルマのような重圧がある。達成を強く求められているのは、きっと気のせいじゃない)

ひやりと、背筋に冷たい汗が流れるのを感じた。

ヴィエラは自分があらゆることに鈍感だという自覚を持っている。それなのに悪い予感がするのは、相当良くない兆候だ。

そっと窓から外を眺める。

誘拐の被害者であるヴィエラが再び狙われないよう、警邏隊の人員を増やしたそうだが、屋敷の裏手にも配備されている。

そもそも、彼らが捕まえた誘拐犯の取り調べ内容についても知らされていない。動機も分からなければ、きちんと素直に供述しているのか、それとも黙秘しているかさえも分からない。

他の事件と関連があって？　被害者の気持ちを考慮して？　理由は考えられなくはないが、情報を制限されているという感覚のほうが強い。

(レーバン様に、私を引き留めたい何かがあるのかもしれないわ。この銅板の魔法式は一体？)

百年前の結界の魔法式と聞いていたが、とんでもない式だ。

現在の結界石を越える〝最高の式〟と言っても過言ではない。

自惚《うぬぼ》れているわけではないが、ヴィエラでもすぐに解除できないほどの守りの完成度を誇っていた。

「本当に昔の魔法式なの？」

現に、結界課の元班長すら解除できないと認めている式。

そんなすごい魔法式が百年前にあったことも驚きだし、この鉄壁の守りを捨てて劣化版の魔法式を現代に採用するのは不自然だ。

(私なら、劣化版に移行するより解除専門のレベル上げに力を注ぐわ。それこそ百年も経っているのなら、誰かが逆算式を先に見つけ出しているはず。昔の結界石の魔法式というのは、レーバン様の嘘……？)

ヴィエラは銅板の魔法式について、もう一度じっくりと読み込む。

保護魔法がいくつも重ねられ、同時進行で逆算の魔力を付与できる者にしか解除できない仕組みになっている。

ヴィエラが結界と魔物寄せの重なっている魔法式の部分を、同時解除した技術だ。

つまり銅板の魔法式は素材の耐久性を無視して、魔法使いふたり掛かりで強制解除する前提の魔法式ともいえる。

結界の効果。

現代の技術をも超える完璧な構造。

広い範囲、単独では不可能な解除レベル。

ヴィエラには、思い当たる魔法式がひとつあった。

「大結界の魔法式……」

ヴィエラは銅板を見つめ、ゴクリと唾を飲んだ。

大結界とは、王都を守るように周辺の街に設置されている特殊結界のことだ。

通常の結界石に万一があったとしても、大都市である王都に魔物の被害が及ばないように用意されたもの。

その大結界の魔法式は、結界課の班長と副班長にしか教えられない秘密事項。

重要な守りの切り札であるため、敵国や犯罪者に知られないよう、設置場所もごく一部の人しか知らないとされている。

元班長のレーバンなら、魔法式を知っていても不思議ではない。

でも国防の要になっている魔法式を、真実を隠して平職員のヴィエラに開示する行為は、魔法局を引退したとはいえ情報漏洩で処罰されかねないものだ。

それを解除させようとしているとなると……。

「まさかっ」

ヴィエラは口元を押さえ、思わず出そうになった悲鳴を堪えた。

おそらくレーバンは大結界の管理をしている。彼が報告しない限り、大結界の異変は王宮には届かない。

密かに大結界が解除されてしまったら。

同じタイミングで普通の結界石に何かあったら。

街の中で魔物寄せの魔法式が発動されたら。

魔物の大群が街を襲ったら。

最悪の事態が起きてしまうかもしれないと、ヴィエラの想像が膨らんでいく。

誘拐されて、悪いことを考えやすくなっているだけ。

あれだけ優しそうで、国を守ろうと結界課で働いていた元王宮魔法使いが、その誇りを自ら貶める行為をするはずはない。

思い過ごしであってほしいとヴィエラは願うが、レーバンの潔白を信じ通すほどの判断材料がない。

(もし私の想像が正しかったら、王宮に連絡したってことも嘘の可能性が高い)

あらゆることが、ヴィエラが自発的に協力するために仕組まれたもののように思えてきた。

女性向けに調えられた客室は、帰りたい気持ちが膨らまないよう最初から準備されていたことになる。

連れ去られたことも、もしかしたら——。

レーバンに知られずに誰かに相談したいところだ。

「まずは時間稼ぎをしないと」

単独での解除法に辿り着いたら、その魔法を記録し、そこから逆算式を求められてしまう。

ヴィエラは借りたペンを握り、黒い羊皮紙に保護魔法を付与した。

昼食後、それを見たレーバンはわずかに眉をひそめた。

「少し魔法式にブレがありますね。技術課の魔法使いらしくない」

「慣れないペンなので、まだ感覚が掴めないのです。練習を重ねれば、できるようになるかと」

「なるほど、それは仕方ありませんね」

一瞬だけ冷たく聞こえたレーバンの声色が和らぐ。焦っている様子だが、機嫌は悪くなさそうだ。

内心ドキドキしながら、ヴィエラは頼み事をしてみる。

「あの、まだ帰れないのなら、王都に手紙を送っても良いでしょうか？」

「手紙、ですか。ちなみにどちらに？」

「私の妹と婚約者です。レーバン様が連絡を入れてくださったとはいえ心配しているでしょうから、私から直接無事の知らせをして安心させたいのですが」

「ヴィエラ殿の婚約者は確か、神獣騎士の団長ヘリング卿だったかな？　ヘリング卿は本当にすごい人ですよね。戦時中、彼の存在にどれだけの者が希望を与えられたか……！」

レーバンは目を閉じ、思い出に浸るように語尾を強めた。

ルカーシュは、ヴィエラの前では常に謙遜している。本当の英雄はジェラルド総帥だとか、作戦を考えた現副団長のほうがすごいだとか、自分は偶然倒せただけだとか。

だから自分の知らないルカーシュの話に、ヴィエラは思わず関心の呟きをこぼしてしまった。

「ルカ様って、本当にすごい人なのですね」

「そりゃそうさ！　グリフォンは力で勝るとはいえ、スピードはワイバーンに劣る。空中戦は本来、我が国において不利とされていたんです。それをヘリング卿はひっくり返し、その上エースまで空から引きずり落としたんだから、疑いようもない天才かと」

「ルカ様の何が優れていたのか、具体的にご存じですか⁉」

「どんな旋回をしても失わない平衡感覚、急上昇にも耐えられる肺と鼓膜、隙を見逃さない動体視力と広い視野、振り落とされない強靭な肉体……そして優れた戦闘センス。欠点とは無縁のイメージがあります」

詳しく聞けば、ワイバーンはグリフォンよりスピードで勝るが、契約者である人間を乗せると加減して飛ばなければならない。

それはグリフォンも同じだが、まだ若いアルベルティナは比較的小柄。そのためどの個体よりもスピードがあり、ルカーシュはその全力の飛行についていける身体能力を持ち合わせていたらしい。

その結果、ディライナス王国の神獣騎士を乗せたワイバーンの機動力を超え、エース撃墜に繋がったというのだ。

「ヘリング卿は、空の王者という異名に相応《ふさわ》しい本物の英雄だと思いますよ」

「ほぉ！」

「もちろんその才能を見抜き、的確な命令を下したジェラルド現総帥も素晴らしい人だ。騎士全員が彼の背についていった。信頼できる人が上にいる……実に羨ましいですよ」

レーバンは自身の右足に視線を落とし、服の上から義足を撫でた。

ヴィエラは胸を掴まれたような苦しさを覚え、口が開けなくなった。

「ふっ、少し話しすぎましたね。邪魔になってもいけないでしょうから、私は執務室に戻らせていただきますよ」

感傷を引きずるような笑みを浮かべられては引き留められない。

ヴィエラはレーバンを見送ってから、重要な確認をし損ねたことに気がついた。

「手紙の件……はぐらかされた」

今まで知らなかったルカーシュの活躍が聞ける機会とあって、思わず夢中で食いついてしまった。

(だってルカ様は自慢話をするタイプじゃないし、公爵夫妻も戦争の話題は好きじゃなさそうだし……聞ける雰囲気じゃなかった。当然よね。勝利したけれど、犠牲者はいたんだもの)

当時ヴィエラは学生で、戦争について新聞に書かれていた内容しか知らない。

戦時中はどれもトレスティ王国の騎士が素晴らしく、奮闘中であること。

戦後は英雄の誕生についての華々しい記事ばかりの祝賀ムード満載で、受けた被害について目に触れることはなかった。

レーバンも、国の栄華のために隠れてしまった犠牲者のひとりなのだろう。

「……って、同情している場合じゃない。悪いことは駄目。どうにかして外部に知らせる手段を考えないと」

屋敷の周囲にいる警邏隊を掻い潜《くぐ》れる自信はない。協力者もなしに、戦闘力ゼロ、走る速さ平凡、体力なしのヴィエラひとりで逃亡するのは不可能だ。

(これが私の杞憂で終わればいいんだけれど)

そう願いつつも、どう考えても怪しい。

嫌な予感を抱えたまま夜を迎えることになった。

「……眠れない」

頭の中で疑惑がぐるぐると渦巻いてしまい、夜が更けても眠気が一向に訪れない。

こういうときは魔法の本を読んで、頭を強制的に疲れさせるのが一番だ。

ヴィエラは本を借りるために客室を出て、研究部屋に向かった。

(あれ?)

ドアノブに手をかけようとしたとき、扉と床の間から光が漏れていることに気がついた。

誰かいるのか、話し声も聞こえてくる。ひとつはレーバンの声だ。

危険だと分かりつつも、ヴィエラは吸い寄せられるように扉に耳を当てた。

「ヴィエラ殿はもう大結界の魔法式の構造を理解したようだよ。この練習で書かれた保護魔法、厳しい感想を伝えたが、初めてで慣れないペンなのにほぼ完璧な仕上がり。危険を冒してまで、東の結界石に魔物寄せの細工をした甲斐があった。ヴィエラ殿という目的にかなう才能の持ち主が見つかったのだから」

レーバンの上機嫌な声が耳に届いた。

（細工をした……？　レーバン様が？）

心臓に氷水が流し込まれたように、体の芯から熱が奪われていく。

寒くもないのに、顎がガクガクと震える。

そしてレーバンの声に応えるのは、よく気にかけてくれる使用人の女性だ。

「ですが、時間はそれほどありません。王宮の警備体制が整い、ヴィエラ様の行方を追う捜査範囲を広げるために騎士の人数が増える頃です。ジェラルド総帥は聡《さと》い御方、陛下の言いなりのままとは思えませんが」

「しかし、いい情報もある。英雄ルカーシュ殿が監視付きの謹慎処分になったそうだ。公《おおやけ》にできないため、ごく一部の者にしか知らされていないようだ。ともかく団長がそのような状況では、神獣騎士の出動指示は出されないはず。王宮騎士がこの街に着くまで二日ほどかかるだろうし、この屋敷を怪しむのはもっとあとだ」

「その前に、ヴィエラ様には解除できるコツを掴んでいただけるとよろしいのですが、もしできなければ……」

使用人の言葉の続きを聞くのが怖くなり、ヴィエラは扉から耳を離した。

レーバンは黒だ。

しかも組織的なもので、王宮にも内通者がいる。

信じたくないが、助けの希望にしていたルカーシュが何かしらの理由で処罰を受けて動けないらしい。

(どうしてレーバン様はこんなことを？　あんなに国を思う人が、どうして⁉　しかもルカ様が謹慎処分なんて何かの間違いじゃ？)

現実が受け止めきれず、恐れるままに後ろに一歩引いた。

そのとき、背後に人の気配を感じた。

ごくりと息を呑み、ゆっくり振り返る。

そこにはヴィエラを保護した警邏隊の男が、逃げ道を塞ぐように立っていた。

聞き耳を立てるのに集中しすぎていた。

「手荒なことはしたくないとレーバン様のご意向でしたが、残念です」

「──っ！」

男の手には短剣が握られ、ヴィエラに向けられていた。

刃の先に震えが一切ない。歯向かったら、迷いなく害する覚悟があるのだろう。

「さぁ、研究部屋にお入りください」

促されたヴィエラは素直に従うしかない。

そっと扉を開けると、レーバンは少し驚いたものの、すぐに笑みを浮かべて誘った。

「せっかくですから、夜のお茶会でもどうかな？」

どうして相手は落ち着いていられるのか。動揺が感じられない。

ヴィエラの前にティーカップが置かれるが、当然手を付ける気分になれるはずもなく……。

レーバンは顔色を失ったヴィエラを見て、警邏隊の男に厳しい視線を向けた。

「とても怖がらせてしまったみたいですね。ヴィエラ殿は我々の復讐相手ではない。どちらかと言えば、同志になってくれる可能性があるのだから、印象を悪くすることはいただけない。次からは相談してから行動してくれ」

「失礼しました」

上下関係はレーバンが上のようだ。警邏隊の男は神妙な表情を浮かべて一歩後ろに下がった。

けれど、ヴィエラが下手な動きをすれば、制圧できる近さに立っていることは変わらない。

「さて、ヴィエラ殿。あなたは国王に不満はないかな？」

「それは、大結界を解除したい動機に関係しているのでしょうか？　レーバン様は陛下を恨んでいるのでしょうか？」

部屋に沈黙が訪れる。

レーバンは数秒ほど目を閉じ、深呼吸をした。それから重そうに口を開いた。

「とても……とても恨んでいますよ。人の努力や才能を搾取するだけ搾取して、用が済んだら簡単に捨てるような国王にはね。あの方は、下級貴族や平民をなんとも思っていない最低な人間だ。特に五年前の戦争は酷かった――」

戦争当時、レーバンは結界課の班長として班員を率いていた。

ディライナス王国側によって倒されたり、解除されてしまった結界石の修復のために奔走していた。王宮騎士と連携を取り、結界石を守り続けていた。

しかしある日、結界を無効化するだけでなく、魔物寄せの魔法式を付与するという最悪の手段をディライナス王国がとるようになった。

魔物によっては、普通の騎士の手に余る。結界課の部下を守るためにも、レーバンは神獣騎士の応援を上層部に要請したらしい。

しかし、いくら頼んでも許可は下りなかった。

当時騎士団長だったジェラルドは一、二名だけでも送ろうと上に掛け合ってくれた。それには感謝している。

だが結局、国王と当時の総帥は頷くことはなかった。

重要なのは敵国の神獣ワイバーンの攻撃を凌ぐことと、国の要である王都を守ること。魔物寄せは罠だ。そんな相手の陽動にはまり、戦力を分散するわけにはいかない。

そのように、国王は神獣騎士どころか騎士の増援すら認めなかったのだ。

けれども、結界石の修復は続けろ……と無茶を言う。

当時の騎士団の総帥は国王の従順な犬。現場をよく知るジェラルドや騎士たちの声に耳を傾けることなく、国王の意のままに指示を下した。

増援はない。だからといって、魔物寄せの魔法式を上書きされてしまった結界石を放置するわけにはいかない。

レーバンたちが引けば、国民が魔物の脅威にさらされてしまう。

誇りを胸に結界石の修正に立ち向かった結果、レーバンを含めた多くの王宮魔法使いと騎士は負傷し、引退を余儀なくされた。

死んだ者も当然いる。生きているだけ、自分が幸運だと思い込むようにしたらしい。

「しかし……国王は、どこまでも人を踏みにじった。負傷した高位貴族は貢献したと評価して、新たな仕事や肩書を与え救済したのに対し、男爵家出身である私のような下位貴族や平民出身の人間は通常の負傷引退として退職を勧告したのです」

「そんな差別……本当に、国王陛下が？」

戦争に犠牲は付きもの。危険と隣り合わせの恐ろしい場所だ。

だからこそ生還した功労者には、国は本来敬意を払うのが筋というもの。

「信じられないでしょう？　新たに才能のある人間を重用するための空席を作るのにも、都合が良かったのでしょう。私たちは命がけの働きを、なかったことにされたのです。あまりにも酷い仕打ちだと思いませんか？」

レーバンは、悲しみを耐えるように口を強く横に引いた。

ヴィエラは言葉を詰まらせ、服の上からそっとネックレスを握る。

（ルカ様から国王陛下の悪い癖を聞いていたけれど、これはあまりにも……）

大結界の解除という計画には賛同できないけれど、レーバンが国王を恨む気持ちは仕方ないと思えてしまう。

「ヴィエラ殿にも身に覚えがあるんじゃないか？　都合のよい仕事を与え、才能を重用していると思わせつつ、国王はあなたの才能を搾取しようとしている。ちなみに才能以外も、あなたは煽りを受けているはずだよ」

「それは一体……？」

「領地の鉱山が枯れて、利益が望めない土地だと分かってから、ユーベルト領を過去の王族は見放した。一方で、公爵や侯爵、辺境伯が治める土地には、開発のために多額の融資をした記録が残っているはずだ。これまでのユーベルト家の貢献と忠誠を蔑《ないがし》ろにされて、ヴィエラ殿はどう思う？」

正直、国王は最低だと感じる。

どうして、ここまで徹底的に高位貴族以外を冷遇するのか。できれば考えを改めてほしいと、そのために何かできないかと――。

そこまで思ってハッとした。

「レーバン様は、国王陛下の悪い考えを正すために大結界の解除を?」

「正解です。この計画は、王政に不満を持つ人間たちが集まってくわだてたもの。大きな事件を起こし、犯行声明を出すことで国王が原因で立ち上げられた革命集団だと世間に広め、国王の力を削いでみせる。未来の若者が搾取と差別を受けないために、必要なことなのです」

レーバンが言い切ると、使用人と警邏隊の男も賛同するように頷いた。

彼らは彼らの信じている正義に基づき、行動しているようだ。

「国王をこのままにしておけません。ヴィエラ殿は脅されて仕方なかったと言い通せるよう、取り調べのときには庇います。あなたに罪が被らないように動きましょう。だからどうか、力を貸してくれませんか?」

レーバンが、手のひらをヴィエラに向けた。

ヴィエラはその手をじっと見つめ、何度も深呼吸をする。

でも、まだ返事をするための声が出ない。目を閉じて、先ほどよりもネックレスを強く握った。

勇気がほしいと離れている彼に祈り――こじ開けるように口を開いた。

「お断りします! 私は、大結界の解除に協力はしたくありません」

ルカーシュが引退を利用して国王の意識を変えるきっかけを作ろうとしている。アンブロッシュ公爵も動いてくれているのは知っている。ドレッセル室長もおそらく仲間。

詳しいことは分からないが、無関係の国民の不安を利用するこんなやり方ではないのは確かだ。

ヴィエラは、ルカーシュたちが国王の考えを変えることを信じたい。

「もっと平和的な方法で変えられませんか？」

「そのタイミングはとうに過ぎ去りました」

「もう少し、待ってみませんか？　王宮内でも頑張っている人がいます」

ヴィエラは怯えながらも訴えた。

だが、レーバンの緑色の瞳の温度はどんどん下がってしまう。

「この数年、何も変わった様子がないのに？　それとも国王に希望をお持ちで？　実は二日前の夜、王宮に脅迫文を送りました。国王は下級貴族のあなたなんて見捨てて、王宮の守りを固める指示を出したに決まっています。その証拠に、まだこの街まで捜索の騎士は派遣されていません」

「……っ」

「それに愛しい婚約者の助けも望めませんよ。ヘリング卿は今、監視付きの謹慎――軟禁状態との情報も入ってきています。王の部屋に契約者不明のグリフォンが突っ込んで破壊したため、その責任を取らされるなんて……。まぁ、これは神獣騎士を出動させないため、他の神獣騎士を使って国王が誘導した可能性が高いでしょうが」

レーバンは使用人に指示し、執務室にあったファイルをヴィエラの前に置かせた。彼はパラパラとページを捲り、最新のページで手を止めた。

新聞の切り抜きが貼られており、そこには『グリフォン一頭が王宮に突っ込み、一部を破壊。現在調査中』とだけ書かれている。

神獣騎士の誰と契約しているグリフォンかまでは特定されていないようだが……。

「ルカ様は団長だから、とりあえず王宮にいるグリフォンに関する責任を負わされたということですか？」

「強引な手口ですが、国王ならできます。でも英雄を処罰したなんて公にできませんし、ヘリング卿も経歴に傷をつけたくないはずだ。グリフォンの事故も重なり、婚約者が誘拐されたこともあって冷静に仕事ができないため、一時的に休養している——と表向きの理由はそうしているらしい」

ルカーシュと神獣騎士を王宮内に留まらせるために、国王はここまでするのかと疑問を抱いたが、国王の非情な面を知った今は否定できない。

レーバンの意志も固そうだ。

このまま王都に帰してもらうのも難しいだろう。

「それでも、協力できません。私にも魔法使いとしてのプライドがあります」

自分や家族の生活のためもあったが、人の役に立つのが嬉しくてヴィエラは魔法に夢中になったのだ。

装備や魔道具を通して、誰かを守るために貢献できることにやりがいを感じていた。

誰かを貶めるために魔法は使いたくない。

「話し合いで済めば良かったのですが、残念です。物理的に屈服していただくしかないようですね」

レーバンの目配せと同時に、警邏隊の男がヴィエラの首元に短剣を添えた。

ヴィエラが体をこわばらせ動けない間に、使用人が手足に鎖付きの枷を付けていった。鎖の長さには余裕があるが、大きな動きはできない絶妙な長さだ。

「明日、現場に行きましょう。解除できなければ後日、無言のあなたを騎士に発見してもらうまでです」

「――なっ」

「大結界の魔法式をよく復習しておくように」

その晩ヴィエラは、使用人の監視下で研究部屋に閉じ込められた。

翌朝、朝食をとってすぐに大結界の場所へと向かうことになった。

とはいってもヴィエラは食事が喉を通らず、水だけ飲んだ状態だが。

目隠しをされた状態で馬車に乗せられ移動し、だいたい三十分ほどで馬車が停まった。

「ここから歩きます。ついてきなさい」

レーバンは、ヴィエラの目隠しを外しながら冷たい声色で命じた。

ヴィエラは大人しくついていきながら、周囲を確認した。

森のど真ん中だ。足元は獣道かどうかも怪しいほど草が茂っている。

迷うことなくレーバンが森の奥に進んでいけるのは、彼が持っている羅針盤のお陰だろう。大結界石の場所を示す魔道具に違いない。

そして同行しているのは、警邏隊の制服を着た男三名。

(外に出られたら逃げられるチャンスがあるかと思ったけれど……これでは無理ね)

両足を繋ぐ鎖は重くないものの短く調整され、早歩きが関の山で走るのは無謀。道も悪いし、方角も分からない。不意を突いて飛び出したところで、いかにも鍛えていそうな男が近くに三人もいる。簡単に追いつかれてしまうのは、火を見るより明らか。

手の打ちようがない。

でも大結界を解除したくもないし、殺されたくもない。

(どうしよう。何か、何かきっかけはないかしら)

何度も心の中で呟き歩いていると、森が拓《ひら》けた。

王宮のダンスホールほどの芝生が広がり、芝生が途切れた先には空が広がっている。ここは崖の上に位置していると推察できる。

そして芝生の中心には、銀色に輝く長方形の箱が設置されていた。縦横五十センチ、高さ一メートルほどの金属の塊だ。

上の面には、研究部屋で見せられた銅板と同じ魔法式が刻まれていた。

レーバンはその魔法式の表面を撫でた。

「これが、国内に三つある大結界石のひとつです。昔は銅板でしたが、現代は素材の耐久性を上げるために、特殊な金属で表面が覆われています。しかし解除の難易度はさほど変わりませんのでご安心を」

レーバンは、ヴィエラに魔法石が付いたペンを手に握らせた。

ぐっと、期待を込めるように力強い。

「さぁ、いつでもどうぞ」

正確な時間は宣告されていないが、与えられた猶予は最大でも日没までだろう。

ペンを持つヴィエラの手が震える。

「……っ」

「ヴィエラ殿、早くしないと時間がなくなりますよ？」

ヴィエラの恐怖を見抜き、レーバンがさらに重圧をかけてきた。

朝食を抜いた胃は空っぽのはずなのに、何か込み上げそうになる。

「――っ、私から距離を取ってください」

「なぜ？」

「東の地方の解除の話はご存じではありませんか？　あのとき、他の魔道具を巻き込んで魔力が浪費しないよう、皆さまに距離を開けてもらっていました」

「そういえば、そうでしたね。魔力の影響は七、八メートルほど。念のため余裕をもって離れましょう」

レーバンの義足は魔道具。そして警邏隊も魔道具を身に着けていたのか、四人とも森のほうへ下がった。想定以上に距離ができる。

それでも彼らが横幅を広げるように立っていることから、ヴィエラの逃げ道は崖の方角しかない。

もし崖から落ちたらきっと……。

(はは、震えが止まらないわ。本当、何かいい方法がないかしら)

気持ちを落ち着かせるために、ペンを握っていないほうの手をネックレスがある胸元に当てた。

深呼吸をしつつ解除に向けて集中力を高めるふりをしながら、逃げる方法を諦めない。

(この手錠に雷撃の魔法を付与して武器にする……無理だわ。私も痺れる。ペンに刃効果を付与して……ううん、警邏隊の剣に先に切られるのがオチね。リーチが違いすぎる。ならペン先の魔法石を魔力爆弾にして……素材は水晶かしら？　魔法式を書くには最高の素材だけど魔力を溜め込むには不向き。くしゃみ程度の爆発にしかならない。残るは――)

胸元にある最高級素材のピンクダイヤモンドなら、大きい爆発が生み出せるだろう。

レーバンたちはピンクダイヤモンドの存在に気がついていない。不意打ちも可能。

問題は、ピンクダイヤモンドで作った爆弾がどれだけ大規模になるかが分からないことだ。

加減を間違えたらヴィエラ本人も巻き込まれて、逃げるどころではなくなる。

それに敵とはいえ、人間であるレーバンたちを害する勇気もない。

(どうしよう。どうしよう……あぁ、どうしたらいいの？)

こんなとき頭に浮かぶのは、やはりルカーシュの顔だ。

でも彼は謹慎の身で来られないため、自分でどうにかしなければ道はない。

そうヴィエラが葛藤していると――。

グサッ
突然、ヴィエラとレーバンたちの中間地点にボーガンの矢が刺さった。その矢の中心には、筒が括りつけてある。

全員、一瞬だけ呆気にとられたそのとき、ピカッと筒から強い閃光が放たれた。

ヴィエラの目は光で眩《くら》み、何も見えなくなってしまう。

「なんだこれは！」

警邏隊の男の焦る声が聞こえたことから、相手も同じ状況らしい。

まだ閃光は続いている。

よく分からないが、逃げるなら今だ。

ヴィエラは立っていた位置を頼りに方角を探る。できれば、警邏隊の人たちの間を抜けていきたい。

だが探っている間に瞼の向こう側から、閃光が消えてしまった。

一か八か、崖の方角でないことを祈って走り出そうとした瞬間、ヴィエラの体が浮いた。

体がくの字になるような持ち方をされていることから、肩に担ぎ上げられたのだとすぐに分かる。

でもここで逃亡を諦めるわけにはいかない。そう抵抗しようとしたが――。

「ヴィエラ、もう大丈夫だ」

「――!」

聞きなれた声の持ち主が、そう告げてヴィエラを抱えて走り出した。

瞼をこじ開けると、光の眩しさで白くなっていた視界に色が戻り始める。

揺れる闇のような黒い髪は艶やかで、丁寧に編まれた先には縹色《はなだいろ》のリボンが結ばれていた。そのリボンに刺繍されているオリーブは歪《いびつ》で、素人丸出しのもの。

「逃がすな!」

レーバンの叫び声にハッとして、ヴィエラは顔を上げる。

真後ろから、警邏隊の男たちが全力で追いかけてきていた。

　こちらは女性ひとり担いでいる一方で、相手は身軽。少しずつ距離が縮まってくる上に、進行方向は崖の先。間をすり抜けたり、進行方向を変えたりして逃げるという選択をするには手遅れ。

逃げ切るには、崖から飛び降りるしかない。

　そんな状況でも、ヴィエラに恐怖心は芽生えなかった。

「舌を噛まないよう口を閉じろ。飛ぶ！」

「はい！」

　しっかりと相手の背中にしがみついた次の瞬間、ヴィエラを抱えていた人物は力強く崖から跳躍した。

　ほんのわずかだけ浮遊感を感じたのち、すぐに落ちていく感覚に襲われる。

「ひぃっ」

　やっぱり、怖かった。

「キュル！」

　けれど完全に落ちる前に、ふたりは大きな翼を羽ばたかせている広い背に受け止められた。何度も乗せてもらったことのある場所だ。

　ヴィエラを抱えていた相手が、彼女が座りやすいようストンと横向きに下ろし、腕の中に閉じ込めた。

　この力強い腕の中も、大きなもふもふの背も、ヴィエラが帰りたいと渇望した場所。

「ルカ様、ティナ様！」

ヴィエラはルカーシュの胸元にぎゅっとしがみついた。

彼女を抱き締める騎士の腕もさらに力が込められる。

「ヴィエラに会いたかった。本当に、会いたかった」

ルカーシュの声は小さく震えていた。

とても心配させてしまったようだ。相手も再会を渇望してくれていたことが伝わってくる。

そっと見上げれば、今にも泣きだしそうなほどブルーグレーの瞳が揺れていた。

それも数秒で、ルカーシュは瞬きひとつすると冷酷な眼差しへと変えて崖の先を睨んだ。

「犯人を捕縛する。少し付き合ってくれ」

「分かりました」

ルカーシュはアルベルティナに上昇するよう命じる。

ふわりと、一瞬にして崖を見下ろす位置へと舞い上がった。

崖の先ではレーバンと警邏隊の三名が唖然とした表情を浮かべて、こちらを見上げている。

「神獣騎士ルカーシュ・ヘリングが告ぐ！　王宮魔法使い誘拐の現行犯で、お前たちを拘束する。抵抗せず従え！」

「レ、レーバン様だけでも森の中に――」

英雄であっても、ルカーシュひとり相手なら逃げられると踏んだらしい。すぐさま警邏隊の男が剣を向け、レーバンを庇いながら後退を始めた。

しかし機を狙ったかのように、逃げ入ろうとしていた森から抜剣した神獣騎士とグリフォンが二組飛び出してきた。二名と二頭はレーバンたちを囲むように等間隔に並んで、にじり寄る。

男たちが自棄《じき》を起こさないよう、アルベルティナも着陸して崖側の進路を断つ。

完全に逃げ道を塞ぐような位置取りに、レーバンたちは立ち尽くした。

軟禁されているはずのルカーシュだけでなく、神獣騎士がチームで現れたのだ。

しかも、初めから計画を知っていたかのようにこの時間、この場所に寸分の狂いもなく。

一瞬だけ、確かめるようにレーバンの視線がヴィエラとぶつかるが、彼女も何がなんだか分からない。

「もう一度告げる！　拠点の屋敷はすでに押さえてある。抵抗は無駄だと思え。今すぐ剣を捨て、地に伏せよ！」

アルベルティナに乗ったままのルカーシュが、高い位置から彼らを見下ろしながら威圧的に命じた。

睨み合って数十秒後、レーバンが膝から崩れた。

警邏隊の手からも剣が落ちていく。

それからはあっという間にレーバンらは、神獣騎士たちによって拘束されたのだった。

＊＊＊

レーバンたちが完全に拘束されると、ルカーシュの腕の中から安堵のため息が聞こえた。

ようやく奪い返した、大切な婚約者だ。

「ヴィエラ、怪我はないか？」

「はい。とても元気です。ルカ様、ティナ様、助けに来てくださりありがとうございます」

ヴィエラはニッと、とびきりの明るい笑みを浮かべた。

怖い思いをしたのはヴィエラのはずなのに、ルカーシュのほうが救われたような気持ちにさせられる。

追い込まれてもへこたれないところは、間違いなく本物のヴィエラだ。腕の中にいる存在は夢でも幻でもない。

ヴィエラを取り戻した嬉しさと、彼女への愛しさが込み上げてくる。

(俺のヴィエラだ。やっと宝物を取り戻した――！)

今すぐ抱き締めて、たくさん口付けをして、頑張ったことを褒めたいがぐっと堪える。

ヴィエラの華奢《きゃしゃ》な手首には、不釣り合いの重々しい手枷が付けられている。揃えられている足首にも、金属製の足枷と鎖が付けられていた。

ルカーシュは忌々しいそれを睨みながらも、愛しい人を怖がらせないようヴィエラの背中を撫でながら声をかける。

「ヴィエラはティナに乗っていて」

「はい」

ヴィエラをアルベルティナに任せ、自分だけ背を下りる。

そして縄に縛られ、芝生の上に座らされた犯行グループのリーダーと思われるレーバンの前に立った。

相手が睨み上げてくるが、冷ややかな視線を返す。

「ヴィエラの枷の鍵はどこだ」

「……私の、右胸の内ポケットです」

敵意を隠さない眼差しに反して、レーバンに抵抗する気力はないらしい。

部下に確認させれば、鍵が二つ出てきた。それを受け取り、確かめながら枷の鍵穴に差し込むと、簡単に外すことができた。

しかしヴィエラの手首には赤い痕がついてしまっている。

（数日は消えないだろう。可哀想に）

ルカーシュが眉をひそめ、労《いた》わるようにそっと指で痕を撫でた。

そこへ、レーバンが声をかける。

「ヘリング卿は謹慎中だったのでは？」

「俺が？　レーバン殿がそう思った根拠を教えてほしいな」

ルカーシュには、犯人から抜き出さなければならない情報がある。

ヴィエラから手を離し、レーバンを見下ろした。

「神獣騎士と契約しているグリフォンが陛下の部屋を破壊したため、監督責任を負わされ監視付きの謹慎処分になったと……」

「なるほど、だがそれが事実なら俺はここにいない」

「――っ、ではどうして神獣騎士が出動できているのですか？　脅迫文は確実に国王に届いている。周囲を権力者と才能ある人間で固める臆病な国王が、神獣騎士の出動を許すはずがない。あのときと同じように！」

「戦争を経験したレーバン殿がそう思ってしまう気持ちは察するが、きちんと納得していただいた上での出動だ。国王陛下は反対することなく送り出してくれたさ」

全くの嘘ではない。

出動許可を撤回しようとした国王の冷静さを奪い、揺さぶり、追い詰めてから――。

『陛下、撤回をなかったことにすればいいんです。この呼び出しは別件ということにして、最初の判断を遂行すれば問題ありません。そうすれば俺はまだ、国王陛下の剣のままですよ』

と、優しく諭《さと》しただけ。

国王は処罰の原因となった自身の選択を思い出し、神獣騎士の出動を当初の通り認めた。

その後は内通者をあぶり出す作戦を立て、国王が出動許可を撤回した事実と、ルカーシュが国王を脅迫したという事実は葬られた。

無事にルカーシュは処罰から逃れられ、正当な名分でヴィエラの捜索と救出に駆けつけることができるようになったというわけだ。

（グリフォンが原因で謹慎という情報を掴んでいたということは……あの筋に内通者がいるというわけか。早めに王宮に帰還して知らせなければ）

王宮への脅迫文とヴィエラの誘拐の件で、王宮内に不穏分子がいることが判明した。

ふたつの事件の犯人は共通グループなのか、それとも別グループなのか。そもそもどこに潜んでいるのかを調べるため、ジェラルドの提案で三つの偽情報を用意することにした。

ひとつ、婚約者がなかなか見つからないとルカーシュが怒り、捜査関係者に八つ当たりをした乱心案。

ふたつ、暴走したグリフォンの責任は神獣騎士にあり、その上司であるルカーシュも巻き込まれた連帯責任案。

三つ、何かしら国王の意見に歯向かった不敬案。

これらを怪しいルートに『ここだけの話』としてルカーシュが王宮内から消えた情報を流した結果、連帯責任案がレーバンに届いたらしい。

あまりにもジェラルドの思惑通りで、ルカーシュは思わず内心で苦笑を漏らしてしまう。

一方でレーバンはいまだに国王が今までと違う判断をしたのが信じられないのか、不服と困惑が混ざったような、歪んだ表情を浮かべている。

だが聞きたいことはこれ以上ないらしく、ゆっくりと顔を俯かせた。

「アルバート、デニス。この四人を拠点になっていた屋敷に運んで、家宅捜索をしている騎士に引き渡せ。警邏隊ではなく王宮までの連行は騎士に任せ、俺たちは先に帰還だ。国王陛下と総帥に急ぎ報告をあげたい」

神獣騎士の部下は「はっ」と短く返事をすると、それぞれの相棒の背に乗った。そしてグリフォンが両前脚でひとりずつ犯人を掴むと、空へと舞い上がっていった。

真下が見える状態で、命綱はなし。

レーバンたちの顔は真っ青だが、ヴィエラを雑に扱ったやつらに情けをかける必要はない。

ルカーシュは手をパッパと外に払って、早く騎士に引き渡して運んでここに戻ってくるよう部下に促した。

部下のグリフォンの姿は、すぐに見えなくなる。

するとルカーシュは、アルベルティナに座ったままのヴィエラに向けて腕を広げた。

「ヴィエラ、もっと抱き締めさせて。キスさせて」

一瞬にしてヴィエラの顔が真っ赤に染まる。

初々しい反応がたまらなく可愛い。それだけでルカーシュの心は温もりを取り戻していく。

だが、まだ足りない。手を高く上げて催促する。

ヴィエラは戸惑ったように空を見上げ、部下の姿が完全にないことを再確認してから、ようやく腕に飛び込んできた。

ルカーシュは婚約者を両腕でしっかりと受け止める。そして抱き上げたまま、頬や鼻先に何度もキスをしていく。

腕に収まりの良い小柄な体。

香水とは違う自然な甘い香り。

聞こえてくる「ひぇ」という口癖のような情けない悲鳴も何もかも愛しい。

腕を緩め、婚約者を地面に立たせ、熟れきったその愛しい人の顔を見下ろす。

恥ずかしがっているのに、薄紅色の大きな瞳には覚悟と期待が帯びていた。これからルカーシュがしようとしていることを理解し、受け入れようとしている。

それが分かってしまったら、何も抑える必要はないだろう。

「俺のヴィエラ――」

ルカーシュは甘い香りに誘われた蝶のようにヴィエラに顔を寄せると、いろいろな角度から小さな唇の柔らかさを堪能する。

「ル、ルカ様、んっ」

それから息継ぎのためにできたヴィエラの唇の隙間を見逃すことなく、ルカーシュは蜜を奪うような深いキスへと変えた。

ヴィエラは口の中まで小さく、その口で精一杯ルカーシュを受け止めようとする。

背伸びをするような健気《けなげ》さに、ルカーシュの心は鷲掴みになった。

離れている間に募っていた寂しさや不安を幸福感で塗り替えるように求めてしまう。

ふとわずかに顔を離せば、火照り切ったヴィエラの顔がよく見えるではないか。

「ほんと可愛いなぁ」

ルカーシュは口を弓なりにして、蕩けるような眼差しで愛しい人を見下ろした。

ヴィエラの頭から、蒸気が吹き出す幻影が見える。

それがまた可愛くて、ルカーシュは深い口付けを再開させたのだが——突然ヴィエラの体から力が抜けた。

「——!?」

ハッとしてヴィエラを支えて様子を確認すれば、彼女はのぼせて意識を飛ばしかけているではないか。

「ヴィエラ！」

「ひぇ！」

名前を呼ばれたヴィエラは意識を取り戻すと、ルカーシュの腕から素早く抜け出してアルベルティナの向こう側に飛び込んだ。そして大きなグリフォンの体を盾にするように顔を半分だけ出す。

「ルカ様、前も言いましたが、その色気どうにかなりませんかね？」

「そんなこと言われても、やっぱり俺には分からない」

ヴィエラに以前も聞いたような文句を言われるが、ルカーシュには自覚がない。

「キュルゥゥゥゥゥ」

相棒はヴィエラの味方なのか、「やりすぎなのよ。余裕のない男ね」と呆れた台詞を送ってくる。

そうしている間にも、ヴィエラは自分からは逃げたのに、アルベルティナの首元に頬ずりをしはじめ、「久々のティナ様だぁ♡」とうっとりとした表情を浮かべ始めた。

解せない。

どうしてグリフォンとはイチャイチャできて、自分とはもう無理なのか。

いや、ヴィエラは誘拐されて非日常を送っていたのだ。癒やしを求めるのは仕方ない。

きちんとアルベルティナの手入れをした自分を褒めることで、嫉妬の台詞を飲み込んだ。

たとえ相棒のグリフォンが、勝ち誇った視線を送ってきていても。

（ついに反抗期が来てしまったか……）

子育てに悩む親の気持ちを実感してしまう。

「そうだ、ルカ様。どうやって私の居場所を正確に突き止めたのですか？」

「あぁ、これを使ったんだ」

ルカーシュはポケットから羅針盤を取り出した。

魔道具に興味を持ったヴィエラは警戒を解き、ルカーシュに近づいて羅針盤をひょいっと取り上げる。角度を変えながら真剣に観察し、目を輝かせた。

「もしかして……あの残念な魔法ランキング五位のストーカー魔法？　しかもエネルギー源をピンクダイヤモンドにできるようにして、逆探知用に改変されている上に、魔力効率に無駄がない美しい式になっています。羅針盤の設計も完璧……。考えた人、天才では⁉　これ、誰が作ったんですか⁉」

ストーカー魔法を使われたことよりも、考案した人物が気になるらしい。

「魔法式の考案と付与はクレメントが行い、改変用の羅針盤を組み立てたのはドレッセル室長だ。ふたりとも一晩で仕上げてくれた」

「たった一晩……どちらも恐ろしい……！」

国王から再び出動の許可を得て間もなく、クレメントがドレッセル室長とともに羅針盤の完成品を届けに来てくれた。

事前検証のために魔力を相当使ったのか、クレメントの顔色は今にも倒れそうなほど白かった。

しかし彼のアンバーの瞳だけは強い光を宿らせたまま。

そんな目を向けられて『帰ってきたら、ヴィエラ先輩の隣はルカーシュさんなんだって、僕に見せつけてくださいよ。あとは頼みました』と託されてしまったときは、胸が詰まる思いだった。

ようやく「任せろ」と言える状況にしてくれたクレメントには、礼をしないといけないだろう。

それから犯行グループに捜索と接近が知られないよう夜を待ち、神獣騎士の部下二名を率いて、羅針盤の示す方角を目指して王宮を出発。

その晩、夜が明ける前にレーバンの屋敷内にヴィエラがいることを特定した。

羅針盤が示した位置は、寸分も違《たが》わず正確だった。

近くの森に姿を潜めレーバンの屋敷を監視しつつ信頼している騎士に協力を仰ぎ、ヴィエラを奪還するべく現場に踏み込む機会を待った。

その日のうちに諜報に長《た》けているアルバートが、ヴィエラを利用してレーバンらが大結界の解除を計画していることを突き止めた。幸いにも神獣騎士は大結界の場所も、その地形も熟知している。

屋敷に突入するより、大結界の場所で仕掛けたほうがヴィエラを安全に保護できると判断し、前日からこの森で待ち伏せていたのだった。

周囲の協力を得られたお陰で、どうにか間に合った――と、ルカーシュはヴィエラに経緯を簡単に説明した。

もちろん、察したクレメントの心情だけは秘密だが。

「皆さまにお礼をしないといけませんね」

ヴィエラは薄紅色の瞳を潤ませ、感極まったように羅針盤を大切そうに胸に抱いた。

そんな彼女の頭をルカーシュは撫でる。

「俺も皆には助けてもらった。礼を伝えるために、ふたりで茶会か食事会に招待しようか」

「はい。ありがとうございます。もちろん私からは、別でルカ様とティナ様にもお礼させてくださいね」

「それは楽しみだ。特にティナには頼むよ。なにせ国王陛下の部屋に突っ込んだグリフォンはティナだからさ」

「え⁉」

ヴィエラがぎょっとして、アルベルティナを見た。

「キュル♡」

褒めて褒めて♡　と相棒は甘く鳴いているが、そんな可愛い光景ではなかった。

話し合いをしていた部屋に、アルベルティナは窓を吹っ飛ばしながら突っ込んできて堂々と入室。ドスドスと国王の前に進み、キィィィィイッ！という怒りの声をぶつけたのだ。

内容は「さっさとヴィエラを助けに行かせなさいよ」というもの。

国王から出動許可を撤回されたとき、アルベルティナは契約の繋がりからルカーシュのとてつもない怒りを感じ取っていたらしい。

ルカーシュが呼び出されてからなかなか戻ってこない上に、ヴィエラを助けに行く準備も途中で止まっている。

問題が起きたことを察し、原因が国王にあると思ったアルベルティナは待ちきれず、直談判に踏み切ったというわけだ。

なんでもグリフォンの意のままというわけにはいかないが、王族は神獣に国を守ってもらうという始祖の契約に基づき、国民を害すること以外はグリフォンの強い意志を尊重しなければいけないという誓約がある。

ちょうど出動禁止令を撤回したタイミングだったのだが、腰を抜かした国王にルカーシュが通訳した結果、「王宮魔法使いの保護に全力をあげること」と改めて命じた。

お陰であらゆる魔道具の使用許可も下り、神獣騎士どころか王宮外の騎士の指揮権まで得ることができた。

王宮からではなく、警邏隊とは独立してこの街に常駐しているグラニスタの騎士に命じることもでき、速やかにレーバンの屋敷も押さえることができた。

アルベルティナさまさまだ。

王宮の修復費用は、あのあと颯爽と駆けつけた父ヴィクトルがどうにかしてくれるだろう。

慰めるふりをして洗脳……ではなく、今後の人事や国政について国王からの相談に乗っている頃だと予想している。

（国王が見捨てようとしていた件は、ヴィエラに伝える必要はないだろう。ティナが体を張って

くれたことだけ知ってくれればいいか）

実際、ヴィエラはアルベルティナが王宮に突っ込んだと聞いただけで動揺して、オロオロしてしまっている。

ルカーシュとしても、これ以上の心労はかけたくない。

「犯人を絞り込むための作戦だ。ティナに怪我はないし、当然罰もない」

「はぁ〜それは良かったです。ティナ様、任務お疲れ様です！」

ヴィエラはアルベルティナに抱きつき、一生懸命手を動かして撫で始める。

「キュール♡」

「ティナ様♡　はい、たくさん撫でさせていただきます♡」

再び彼女らだけの世界が出来上がっていく。

ムッと疎外感が首をもたげた。

ルカーシュは自身が面倒な性格なのは知っている。

だが我慢だ。今日だけは我慢だ、と自分に言い聞かせて嫉妬に耐えている。

そこへ、ちょうど戻ってきた部下たちの姿が空に見えた。手信号によると、引き渡しに問題はなかったらしい。

もうここにいる理由はない。

「ヴィエラ、帰ろうか」

もふもふに夢中になっている婚約者の背中に手を添えて伝えれば、「はい」と元気いっぱいの笑顔が返ってきた。

王都に帰れるのが相当嬉しいようで、ニマニマと顔を緩ませていく。

(ヴィエラは本当に可愛いなぁ)

こうしてルカーシュは宝物が手に戻ってきた喜びをかみしめながらヴィエラを腕に抱き、アルベルティナの背に乗って王都に帰還したのだった。

＊＊＊

ルカーシュに保護され、王都に帰還後。ヴィエラは王宮に寄ることなく、アンブロッシュ公爵家に送り届けられることになった。

裏庭にアルベルティナが着陸した瞬間、屋敷からエマや公爵夫妻だけでなく使用人まで駆け寄ってきた。

誰もが良かったと涙を浮かべ、帰りを歓迎してくれた。

(帰ってこれた……ようやく安心できる場所に！)

多くの人に心配かけてしまったことが申し訳ないと同時に、またこうやって慕ってくれる人たちと再会できたことが嬉しい。

ヴィエラはエマと抱き締め合って大泣きしてしまった。

「しばらくお姉様と離れたくないです」

可愛い妹にそう言われ、拒否できる姉はこの世に存在しないはずだ。

だが、思い通りにならないのが現実。

今日は被害者への精神的配慮としてアンブロッシュ家に直接帰ってこられたが、翌日から事情聴取を王宮にて受けなければならないだろう。同伴も考えたが、連れ去られたときのことを聞かせたくない。

（エマは聡明で優しい子だから、私が受けた衝撃まで気づいてきっと心を痛めるわ）

どうしようかと悩んでいると、アンブロッシュ公爵が提案してくれる。

「あちらから屋敷に来るようにしてもらおう」

「よろしいのですか？」

「我がアンブロッシュ家が一番安全だ。私としても、ヴィエラさんを守りたいからね。今は王宮に行くのはやめておこう」

今回の事件は、王宮内に内通者がいる可能性がある。とくに、魔法局内というヴィエラに身近なところに。

再び危険が及ぶのを防ぐため、事件の処理が落ち着くまでアンブロッシュ公爵邸から出ないほうが良いとの考えらしい。

「ルカ、もう一度私も王宮に行く。馬車で一緒に向かおう」

さっと身なりを整えた公爵が息子を誘う。

ヴィエラと違い、ルカーシュは正式な任務としてまだ仕事中の身だ。報告することが山積みに違いない。

（もう離れちゃうのか……）

また何日も会えないわけではないのに、離れがたい気持ちが顔を出す。

実験遠征前に拗ねまくっていた婚約者の気持ちが分かるようだ。

「ヴィエラ、そんな顔しないで」

「ルカ様……」

「明日からまた毎日会えるから、今日は先に寝て休むんだ。いいね？」

ルカーシュが眉を下げ、慰めるようにヴィエラの額に口付けを落とした。

すぐ隣から「ひゅー」と音のしないエマの口笛が聞こえる。

恥ずかしさで、寂しさも涙も吹っ飛んだ。

「だ、大丈夫です！　ルカ様もお疲れでしょうから、ご無理なさらないでください」

「ありがとう」

ルカーシュはクスリと笑みをこぼすと、視線をエマに向けた。

「俺はそばにいられないから、ヴィエラのことは任せても良いかな？」

「はい、お義兄様！　お姉様はしっかり私が寝かしつけますわ」

エマの、ルカーシュへの呼び方が変わっているが、彼は満足そうに頷いている。知らない間に何かあったらしい。

ともかく、家族になるのだから仲がいいのは素晴らしい。

ルカーシュとアンブロッシュ公爵を見送ったあとは、豪勢な料理をたっぷり食べ、夜はエマと一緒に寝ることになった。

エマと同じベッドで寝るのは幼少期以来、十年ぶりのこと。少し気恥ずかしい気もするが、温かさが安心感を与えてくれる。

ヴィエラはエマをぎゅっと抱き締めた。

「もうお姉様、そんなにくっつかないで」

「だってエマのことが大好きなんだもの」

「そういうのはお義兄様にしてあげなさいよ」

「ひぇ！　そ、それは！」

「今回のお礼にそれくらいサービスしてあげなよ。お義兄様、お姉様のためにとても奔走していたのよ」

ルカーシュは寝る間も惜しんで王宮と屋敷を行き来し、エマのことも気にかけてくれたらしい。

ヴィエラが帰ってきたらあれを食べよう、一緒にあそこに出かけよう、したいことを考えておいてくれなど、希望を失わないよう言葉を尽くしてくれたというのだ。

そして実家のユーベルト家にも彼自ら魔法速達《マジックレター》を送ってくれていたらしい。

「ルカ様……！」

家族にまで優しくしてくれる未来の婿に、再び感激してしまう。

ガードの固いエマが早くも「お義兄様」と呼びたくなるのも当然だ。

しかし、そのお礼はエマもするものではと思い指摘したところ……。

「お義兄様が喜びそうなことをするようお姉様を仕向ければ、それが私からのお礼になるかなって思ったのだけれど」

「私の心の準備は⁉」

「そんなの知らないわよ。お義兄様の心の潤いが優先よ」

エマは姉思いの天使だと思っていたが、義兄思いの天使に転向していた。

＊＊＊＊

ヴィエラの誘拐事件は、レーバンが首謀者だった。

動機は、これまでの国王個人への恨みと、人気ばかり気にしている国政への不満が募ってのこと。

王宮内の人事だけでなく、国内領地への対応にも国王の差別が生じていたらしい。

結界課の元班長だった人脈を利用し、同じく国王に不満を持つ仲間を数年かけて集めていったようだ。

国王の気分で立場を失った者、戦争で引退を強要された者、レーバンの境遇に同情し正義感を焚きつけられた者、貧しい故郷の状況をどうにか変えたい者――組織は王宮内外で、総勢三十名にも及んだ。

ただ大結界の魔法式を解除できる魔法使いはおらず、探す必要があったようだ。

以前、レーバンの義足の魔法式が狂うように細工したのも、東の地方の結界石に魔物寄せの魔法式を重ねたのも、すべては解除の才能を持つ王宮魔法使いを見つけるため。

驚くべきことは、どれもレーバン自身が仕組んだというのだ。

身体的ハンデから上手く魔法を使えないと言っていたが、実際はリハビリで相当実力を取り戻していたらしい。

どれだけ鍛錬を重ねたのか。そこからレーバンの執念が窺える。

そうして、仕掛けた罠の両方にかかったのがヴィエラだった。

魔法局内の味方を使って仲間が働くホテルに泊まるよう誘導し、攫ったのだという。

ヴィエラひとりで解除させるよう誘導していたが、実際は魔法式を理解し、解除の感覚を掴めた時点でレーバンも加わって大結界の解除に踏み切るつもりだったらしい。

また計画を早めるために短剣で脅したが、命までとるつもりははじめからなかったと弁明を聞かされた。

『国王に失策を自覚させ、考えを改めさせる』というのが目的のため、レーバンは隠すことなく事細かに犯行動機と計画を話していった。

狙い通り、国王は事態を深刻に受け止めた。さらなる反乱が起こされるかもしれないと、完全に怯えてしまうほどの効果があったとか。

連日アンブロッシュ公爵とジェラルド総帥に助言を求めているようだ。

ヴィエラは詳しく教えてもらえなかったが、ルカーシュも国王にいろいろしたようで、それもよく効いていると未来の義父は笑っていた。

「少しずつ国の軌道修正をしていこうと思う。王太子殿下は国王陛下の影響を受けないよう留学させたが、悪くない為政者に育っているように見える。次世代はきっと良くなる。ヴィエラさんが領主になる頃には、今よりは領地経営しやすい国になっているはずだよ」

これだけを聞くとアンブロッシュ公爵が国を乗っ取ったように思えるが、国政が良くなるなら問題ないだろう。

今回の事件は本来の目的を未然に防ぐことができたことから、機密事項である大結界の存在は伏せられることになった。

表向きは東の地方での事件再現を目論む犯行グループが、王宮魔法使いを味方に取り込むための誘拐事件として処理することが決まる。

もちろん、誘拐された王宮魔法使いは味方になることを拒否した忠義ある臣下ということも同時に公表し、ヴィエラの名誉は守られることになった。

そしてレーバンの取り調べがスムーズだったことと、周囲の優秀な人たちの頑張りによって、事件は一カ月ほどで一応の区切りがついた。

犯行グループの構成員は、生涯を牢獄で過ごすこととなるだろう。

つまり、ヴィエラもようやく仕事復帰だ。来週から技術課の平職員の生活に戻る。

だからこんな着飾ることはしばらくないはずだ。

可愛い小花柄のデイドレスに、耳にはピンクダイヤモンドのイヤリング。

着飾った自身の姿が映る鏡を見たヴィエラは、「よし！」と気合を入れてからエントランスへと向かった。

扉の外に出れば、馬車がちょうど入ってくる頃だった。

「お、来たな」

タイミングよく、ヴィエラの隣にルカーシュが立った。彼はいつも通りの制服姿だ。

ふたりで出迎えた馬車の中からは、よく知る男性ふたりが降りてきた。

ひとりは長身の赤髪の青年。

もうひとりは眼鏡がトレードマークのナイスミドル。

ヴィエラはピンと背筋を伸ばし、ニッコリと笑みを浮かべた。

「クレメント様、ドレッセル室長、ようこそいらっしゃいました。本日は精一杯おもてなしさせていただきます」

今日は誘拐事件でヴィエラ救出を手助けしてくれたふたりにお礼を伝えるべく、茶会に招待していたのだ。

ちなみにヴィエラ、人生初の茶会主催である。

だがここはアンブロッシュ公爵邸。優秀な使用人のお陰で、主催者が素人でも素晴らしい空間に仕上がっている。

昼下がりの強い日の光を和らげる爽やかなカラーのパラソル、庭園が最も美しく見える角度の客席、芸術品のような色鮮やかなスイーツ、それらを調和する香り豊かな紅茶——テラスは完璧にセッティングされていた。

時計まわりでヴィエラ、ドレッセル室長、クレメント、ルカーシュの順で席に着き、和やかな茶会が始まった。

「こうやってまた、元気なヴィエラさんの顔が見られて良かったですよ、ぐずっ」

早々にドレッセル室長が顔と眼鏡の間にハンカチを滑り込ませる。

内通者が接見できないよう、魔法局関係者は見舞いが禁じられていた。それはヴィエラ救出を手助けしてくれたドレッセル室長とクレメントにも等しく適用され、彼らと顔を合わせるのは約一カ月ぶりだ。

「ご心配おかけしました。ドレッセル室長が羅針盤のパーツを作ってくれたとお聞きしました。ありがとうございます」

「突然クレメント君が『どうしてもストーキングしたい人がいるんです』って言ってきたときは驚いたけど、本当に見つかって良かったですよ」

「ヴィエラ先輩、僕はそんな言い方していませんからね。ドレッセル室長、あとでお話ししましょうか」

クレメントに圧のある笑みを向けられたドレッセル室長は「冗談じゃないですか」と、焦りながら紅茶を口にした。

ふたりともいつもの調子で、ヴィエラは日常が戻っていくのを感じる。

「クレメント様もありがとうございます。魔法式を考えてくれたのはクレメント様とお聞きしました。素晴らしい改変でした」

「ヴィエラ先輩の卒業論文の手伝いを経験していたお陰です。ストーカー魔法は、今は教科書から消えた魔法。先輩が卒論で〝残念な魔法ランキング〟を作るために調べていなければ、僕もストーカー魔法なんて知らずにいましたよ」

「そんなこともありましたね」

ランキングを作るために投票を呼びかけようと思ったが、ヴィエラの人脈では統計を出すには少なく困っていた。

だがクレメントの人脈にかかればお手の物。あっという間にたくさんの投票データの取得ができたのだった。

ヴィエラは懐かしさで、ホクホクとした笑みを浮かべた。

「で、先輩はストーカー魔法を知っていて、ルカーシュさんに追跡の核になるチャームを渡したんですね。遠征で離れている間に浮気されないか心配でもしていたんですか？　信用されず、ルカーシュさんも可哀想に」

「――!?」

後輩魔法使いに想像もしていなかった言葉を投げかけられ、ヴィエラは驚き固まってしまう。

お揃いの物を、と渡したときは単純に考えていただけだが、確かに人によっては婚約者をストーキングするために渡したと思われかねない行動だ。ルカーシュにとっては、知らない間に恐ろしいものを渡されたことになる。

「ルカーシュさん、背後に気をつけてくださいね」

「ちょっとクレメント様！」

クレメントが眉を下げ、案ずるような視線をルカーシュに送る。

「そうか……ヴィエラに疑われていたとは心外だ」

「ルカ様、違いますって！」

ルカーシュは小さくため息をついて、首を小さく横に振った。

ストーカーという変態認定はされたくはない。

ルカーシュの浮気も全く疑っていない。

でも行動はもう起こしてしまったし、どう否定すればいいのか分からずヴィエラは頭を抱える。

するとルカーシュとクレメントは同時に噴き出した。

「大丈夫だ。ヴィエラが俺を疑ってないことくらい知っている」

「はは、誰もヴィエラ先輩がストーキングするようなタイプだと思っていないですって」

「なっ」

ふたりに遊ばれたらしい。

ヴィエラはむっと拗ねたくなる。が、ルカーシュとクレメントの雰囲気が以前と異なることのほうに興味が引かれる。

前は顔を合わすたびに冷たい視線の応酬をし、周囲はピリピリとした緊張感に包まれていた。

しかし今はどうか。

ルカーシュは外仕様で怜悧な雰囲気はあるものの、クレメントの悪ふざけに便乗した上に、笑いまでこぼすほど態度が柔らかい。

クレメントは常に笑顔を浮かべているタイプだが、ルカーシュには突っかかるような口調だったはずだ。

今はその棘のようなものが、一切感じられない。どちらかと言えば、友人に接するような気安さも芽生えているように見える。

「ルカ様とクレメント様はいつ仲良くなったのですか？」

ヴィエラに質問を投げかけられたルカーシュとクレメントは視線を合わせた。何度か瞬きをし、また同時に苦笑を漏らす。

「問題が片付いただけだ」

「僕に感謝してくださいよ」

「調子に乗るな」

やっぱり仲が良くなっている。

でもヴィエラに詳しくは教えてくれないようだ。

「もういいです。それより、ドレッセル室長に聞いてもよろしいですか？」

ヴィエラが不在にしていた間の技術課について、ドレッセル室長に教えてもらうことにする。

技術課から内通者が一名出てしまい、ヴィエラの誘拐もあって、しばらくは暗い雰囲気だったらしい。

しかし魔法が好きな人間ばかり。仕事に集中することで、今では気持ちの切り替えができているようだ。

ヴィエラの復帰を心待ちにしていると知り、彼女も嬉しくなった。

この件で東の地方の結界石に魔物寄せの魔法式を重ね掛けした犯人も捕まったとして、ヴィエラが参加させられていた調査チームはいったん解散。

ただ、新しい結界の魔法式の開発の必要性は変わらないため、信用できる魔法使いで再編成されるとのこと。

そこにヴィエラが組み込まれることはないよう、ドレッセル室長は根回しも済ませてくれたようだ。

退職の件で自分がルカーシュの足を引っ張ることがなくなり、ヴィエラは肩の力を抜いた。

ルカーシュは、ちょうど一年後に退職できることが先日決まったばかり。

この一年は、国王の気分ありきの国政にならないよう各部署のトップとともに、人事や命令系統の整理をすることになっている。

神獣騎士の団長として、後継が余計な苦労をしない体制にしてからの引退だ。

(魔法局も風通しが良くなり、働きやすくなるでしょうね。安心して私も退職できそうだわ。良かった)

クレメントとドレッセル室長をはじめ、王宮に残る同僚たちはこれからも元気でいてほしい。長年の問題が解決しそうで心から良かったと思う。

ヴィエラは顔を緩ませ、ケーキに舌鼓を打った。

「そろそろ帰りますかね」

まもなく日が傾きはじめる頃、ドレッセル室長がおなかに手を当てて顔を緩ませた。お茶とスイーツに満足してくれたようだ。

親しい人たちとの時間はあっという間で、お茶会はお開きの時間を迎えていた。

クレメントとドレッセル室長を見送るために、ヴィエラとルカーシュも馬車の前まで行く。

「ではヴィエラさん、また来週。西棟で待っています」

「はい！　また来週、職場でお会いしましょう」

先にドレッセル室長が馬車に乗り込んだ。

次はクレメントなのだが……彼はヴィエラをじっと無言で見下ろしていた。

しかも真顔だ。

理由が分からずヴィエラはコテンと首を傾けた。

そのとき、クレメントが意を決した表情を浮かべた。

「やっぱり一度だけ――。ルカーシュさん、最初で最後にするから許してください」

そう言ってクレメントは、ヴィエラをそっと抱き寄せた。

「クレメント様!?」

「これからも尊敬するあなたの後輩でいられそうで、本当に良かったです。ヴィエラ先輩、さようなら」

クレメントはぎゅっと抱き締める力を込めたあと、パッと降参を示すように両手をあげて、後ろに下がるようにヴィエラから離れた。

見上げれば、赤髪の青年は晴れやかな笑みを浮かべている。

そんな先輩思いの優しい後輩に心が温まったのは一瞬で、すぐに背中が寒くなった。

ヴィエラが慌てて振り返ると、無表情のルカーシュが腕を組んで冷気を放っていた。組んでいる自身の腕を掴む手には、血管がくっきりと浮いてしまっている。

「ひぃ！」

「ほら、ヴィエラ先輩。僕たちの見送りよりも、婚約者のご機嫌を取らないと！」

ルカーシュに気を取られている間に、クレメントはさっさと馬車に乗って扉を閉めてしまった。

小窓からとても楽しそうな笑顔を見せながら、馬車を出してしまう。

（誰のせいだと思っているのよ！　クレメント様はどうして私を困らせるのを楽しむわけ⁉）

後輩に文句を言いたいが、それは後日。今はルカーシュをどうにかしないといけない。

距離感に気をつけるよう言われていたのに、簡単にクレメントに捕まってしまった。しかも目の前で。

いつものルカーシュならすぐに説教してくるのに、まだ何も言ってこないせいで怖さが増していく。

美形の沈黙はとても怖いのだ。

「ルカ様、膝枕します？」

苦し紛れで、ドレッセル室長から聞いた『恋人にしてもらったら嬉しいことリスト』のひとつを使う。

その後、婚約者の機嫌は無事に直った。

第十章
きっと、ふたりなら

独特な白い皮を持つ木が集まった広い森に、寒さに強い作物畑、雪下ろし不要の三角屋根の家が並ぶ集落――ユーベルト領の小さな街の上で、この国の神獣グリフォンが優雅に羽ばたいていた。

その背には次期当主の女性と、彼女を守る黒髪の元神獣騎士が乗っている。

彼女らは小さな街を越え、丘の上の屋敷を目指す。

まもなくして、ふわりとグリフォンが優雅に着地した。

「ルカ様、ティナ様、お疲れ様です」

正式にユーベルト領の次期当主に指名されたヴィエラが、王都から運んでくれた功労者に労りの言葉を送る。

しかしそれでは足りないと、黒髪の元神獣騎士――ルカーシュが頬を差し出して、視線で追加の労いを催促する。

ヴィエラは顔をほんのり染めて躊躇いつつも、彼の頬にキスを送った。

ルカーシュの顔が緩む。合格らしい。ヴィエラを下ろすと、屋敷裏に建てられた厩舎に相棒アルベルティナを連れて行った。

その姿を眺めながらヴィエラは、クスリと笑いをこぼした。

「本当に立派になってしまったわね」

裏庭は綺麗に整備され、新しく建てられた厩舎は立派。古さが目立っていた生家の屋敷はまるで新築の顔をしている。

両親に到着の挨拶をするため裏口から入れば、内装も見違えるほど修繕が行き届いていた。

安心してルカーシュにも住んでもらえそうだ。

しかし、屋敷に住むのはまだまだ先の話。

「お父様、お母様、じゃあ私たちは街の家に行くね。何かあったら魔道具で信号を送って」

「義父上、義母上、これからお世話になります」

「ルカーシュ君、不便があったらいつでも言いなさい。ヴィエラ、しっかりするんだよ」

「そうよ。ルカーシュ君も家族なんだから、私たちに遠慮は不要ですからね」

両親は、すっかり婿にデレデレしている。今では『君』付けで呼ぶほど親しい関係を築いていた。

大結界の解除未遂の事件から一年後。

約束通りルカーシュは神獣騎士の団長を引退し、無事にユーベルト子爵家に婿入りを果たした。

挙式という一大イベントは残っているが、早く婿入り先の土地に馴染みたいというルカーシュの希望を優先し、今日から新生活を始めることとなったのだ。

挙式は親しい人たちだけを招待して、小規模でおこなう予定になっている。

ヴィエラとしては「大規模だったら」と怯えていたので文句は全くないが、ルカーシュは大貴族アンブロッシュ公爵家の三男で、神獣騎士の元団長で英雄だ。

周囲の人は小規模で問題ないのかとも心配していた。

しかし、さすがグリフォンを神獣とする国。

「アルベルティナにも参列してほしいから、彼女が落ち着ける環境で準備したい」と説明すれば、誰もが納得して受け入れた。

現在、ヴィエラとルカーシュの婚姻衣装の他に、アルベルティナの参列用マントもオーダーメイドで注文中である。

ヴィエラとルカーシュは両親とアルベルティナにいったん別れを告げると、麓にある新居を目指した。

ユーベルト家の屋敷は小高い丘の上にあるため、道すがら小さな街が一望できる。

「可愛い街だよな。絵本から出てきたみたいだ」

ルカーシュが慈しむような表情を浮かべて呟いた。

多くの家屋は四角い積み木に三角の積み木を載せたような形で、王都に並ぶ屋敷よりカラフルで小さい。確かに街並みをスケッチしたら、そのまま絵本の挿絵にできるかもしれない可愛さがある。

その中でも街の入口で一回り大きく見える家屋が、ヴィエラたちの新居だ。

三階建ての民宿を改装した建物で、壁はアイボリー、屋根はえんじ色に塗り直されてピカピカしている。

新居の前には人だかりができており、ヴィエラたちに気づくなり手を振ってきた。

「ヴィエラ様～おかえりなさい！」

「婿様もいらっしゃいませ～！」

領民が笑顔で出迎えてくれる。ヴィエラにとっては小さい頃からの顔馴染みばかりで、領主と領民の距離が近いのがユーベルト流だ。

だからと言って馴れ馴れしいわけでなく、領主一家への敬いの態度も領民は守っている。

そんな領民は今、ヴィエラだけでなくルカーシュにまで友人のように手を振っていた。

神獣騎士のルカーシュ・ヘリングと結婚する――としか伝えていない。

だからか領民は、出会った頃のヴィエラのようにルカーシュを『英雄』『元騎士団長』とまで認識していないと思われる。知っていたら、みんな挙動不審になるに違いない。

ルカーシュも皆の勘違いに気づいているようだが、あえて言うつもりはなさそうだ。にこやかに手を振り返していた。

領民が勝手に知る日まで黙っておくことにする。

「またお世話になるから、よろしくね」

出迎えてくれた領民に簡単に挨拶をしながら新居に入れば、四十代の男女一組が待っていた。

ヴィエラの誘拐事件のこともあり、護衛騎士とその妻をアンブロッシュ公爵家が紹介してくれたのだ。妻は家政婦として、生活の手伝いをしてくれることになっている。

ふたりの子どもは成人して独り立ちしており、田舎暮らしにも憧れていたようで名乗り出てくれたという。

ヴィエラとしても心強い。

一階を騎士夫婦が、二階をヴィエラとルカーシュが住むプライベートスペースとして分け、三階は仕事関係と魔道具研究に使うことにした。

「指示通りに家具を配置しておりますが、調整があればお呼びください。お手伝いいたします」

「ありがとうございます！　ルカ様、行きましょ！」

ヴィエラはワクワクした気持ちで、ルカーシュの手を引っ張って二階にあがる。

リビング、キッチン、ダイニング、バスルーム、寝室の順で巡れば、どの部屋も王都で選んだ家具がイメージとぴったり合うように収まっていた。

いよいよ新生活が始まるのだと、強く実感してくる。

この麗しい美丈夫な婿と、夫婦としての生活を送ることになるのだ。

「ルカ様、喉は渇きませんか？　キッチンの使い心地を確かめるため、お茶でも淹《い》れましょうか？」

「ダイニングテーブルに、中身が入っている魔道具のポットがあったぞ。すぐに飲めるよう用意してくれたらしい」

「気づかなかった……では、淹れますね。どこで飲みます？　ダイニング、リビング、それとも、いえリビングがいいですよね？　えっとカップはどこに……」

「ヴィエラ、緊張してる？」

ルカーシュは、オロオロしている新妻を背後から抱き締めた。

ヴィエラの背筋がピンと伸びる。

「図星か」

婿がクスリと笑いをこぼした。

「うぅ、ルカ様は緊張しないのですか？」

「緊張には強いタイプだ。ほら、落ち着くために君は座ったほうがいい」

ルカーシュはヴィエラをソファに座らせると、ダイニングからポットとカップを持ってきて自らお茶を注いだ。

片膝をついて、「どうぞ」とテーブルにお茶を出す姿は執事のよう。

「ありがとうございます」

温かいお茶を口にすると、緊張が和らいだ。自然と口から「ほぅ」というため息が漏れる。

落ち着いたところで、ルカーシュがいまだに膝をついていることに気がついた。しかも神妙な表情を浮かべている。

「ヴィエラ、ちょっといい？」

ルカーシュはカップをテーブルに移すと、ヴィエラの左手を下からすくい上げるように握った。

「互いに初めての環境で戸惑いも多いと思う。知らなかったこだわりや、癖もあるだろう。だからこそ不安や不満があれば互いに伝えて、良い暮らしを一緒に模索できればと思っている」

「はい」

「ただ俺は独占欲が強いし、嫉妬深いところもあるし、甘えたくなる餓鬼っぽいところもあって、これからも君を困惑させてしまうことがあるはずだ。酷いときは叱ってくれ」

「ルカ様を叱る……？　そのときは頑張ってみます」

そんなイメージは湧かないが、しっかり応えればルカーシュは握る手に力を込めた。

「ヴィエラに出会えて、本当に良かった。君といると本来の自分にも、新しい自分にもなれる。こんなにも楽しくて、癒やされ、胸の中を熱くしてくれる女性はヴィエラだけだ」

「ルカ様……っ」

「ヴィエラ・ユーベルト様。私ルカーシュ・ユーベルトは夫として、ときに友として、いかなるときもそばにいるでしょう。そして剣となり盾となり、生涯をかけてあなたの幸せを守ること誓います。どうか受け取ってください」

すっと、ヴィエラの薬指に指輪がはめられた。

「これは？」

小さなダイヤモンドが三つ並んだ、シンプルだけれど可愛らしいシルバーのリングだ。シルバーの部分にはひねりが入っていて、角度によって艶が違って見える。

「いろいろと順番が変わってしまったが、婚約指輪を贈りたい。ほら、婚約のきっかけは君からの誘いだっただろう？　嬉しかった半面、今更俺からプロポーズできなかったのも悔しくて。ヴィエラは魔法を使うから、手には何も付けたくないのは知っていたが……俺の気持ちを改めて伝えたいと思ったんだ。普段は収納できるように専用の箱も――」

言葉を途切れさせたルカーシュは、見上げていた目を一度大きく開き、すぐに眩しいものを見るかのように細めた。

そっとヴィエラの頬に手を滑らせ、薄紅色の宝石から溢れる雫を受け止める。

「ヴィエラ、愛している。俺と結婚してくれてありがとう」

ルカーシュの言葉は、ヴィエラこそ伝えたかった言葉だ。

あんな酔っ払いの求婚だったのに受け入れてくれて、好きになってくれて、受け止めきれないほどの愛情を向けてくれて、プレゼントも言葉も素敵なサプライズをしてくれて――。

感謝しきれないのは自分のほう。

幸せな気持ちが溢れ、胸がいっぱいで、なかなか出てこようとしない言葉を精一杯絞り出す。

「私も、愛しています。ずっとルカ様だけです」

「それは光栄だ」

嬉しそうに綻ぶ夫の顔が、ヴィエラの顔に寄せられる。

視線を絡めながらふたりは、愛を確かめるように唇を重ねた。

この人とならきっと幸せになれると、希望を抱きながら。


ユーベルト家の女性当主と婿の仲の良さは有名で、領民はみんな口を揃えて『甘い』と評していた。

ちょうどユーベルト夫妻が結婚した年に、領地の木から収穫できるシロップの流通が始まったこともあって、『英雄夫婦が甘いのはシロップのせい』という噂も広まることとなる。

愛する人と一緒に食べれば仲が深まるとして、シロップはユーベルト領の特産品となり、多くの国民に長く愛されることになったのだった。

番外編

妹の裏切り

「ちょっと出かけてくる」

まだユーベルト領に引っ越す前。いつもより早めに屋敷へ帰ってきたルカーシュは、着替えを済ませるとヴィエラに告げた。

「お買い物ですか？」

「まぁな。夕食の時間には戻るつもりだ」

ルカーシュはそう言い残すと、さっと出かけてしまった。

「………怪しい」

ヴィエラは遠ざかっていくお忍び用の馬車を屋敷の窓から見つめ、ひとり呟いた。

誘拐事件の処理が終わり、神獣騎士団長の引き継ぎも順調。今は定時上がりができるはずなのに、帰宅が遅い日が何度もあるのだ。

トラブルでもあったのか聞いてみても、「ちょっと約束があって」や「ちょっと用事があって」と濁され、明確な理由を教えてくれないでいる。

(『ちょっと』……って何⁉)

今日は一度帰宅してから着替えているが、そうでない日は騎士寮でわざわざ制服から私服に着替えて帰っていくらしい。副団長ジャクソンからの情報なので間違いない。

ただ、ジャクソンすらも理由は知らないようで。

『お忍びデート。つまりヴィエラ殿と現地で待ち合わせしているのかと思っておりました。毎回妙に機嫌がいいのでそう推察を……いや！　ヴィエラ殿、大丈夫です！　団長は浮気をするような方ではありません！』

　そう必死にフォローされてしまった。

（分かっている。ルカ様は浮気をするような人じゃない）

　ルカーシュの誠実さと、愛情の深さは常々実感している。だからこそ逆に隠し事が気になって仕方がないし、教えてくれないのが少々悔しい。

「ヴィエラさん、確かめてみる？」

　窓から外を見つめていたヴィエラに、ルカーシュの母ヘルミーナが声をかけた。

「どうやってですか？」

「お決まりの尾行よ。び・こ・う♡　手助けするわ」

「……ルカ様に嫌な思いをさせないでしょうか？」

「ヴィエラさんに不安を与えたルカが悪いのよ。たとえルカが怒ったとしても、わたくしが責任を持つから安心しなさい」

　なんと心強い。

　ヴィエラはヘルミーナに助力を乞うことにした。


　そして数日後、作戦決行の日が来た。

「ヴィエラ様、あちらに」

街に入ってから数分後、アンブロッシュ家の諜報員が指さした先に変装しているルカーシュを見つけた。

ルカーシュは街路樹の下、ひとり立っている。

(人通りの多い中でサクッと見つけてしまうなんて。さすが諜報員。ルカ様は誰かと待ち合わせ中?)

よく聞いていた「ちょっと約束が」の相手だろうか。

ヴィエラは諜報員の陰に隠れながら考える。

すると、よく知っている人物がルカーシュに笑顔で接触してきた。

「お義兄様、お疲れ様です」

「ありがとう。エマさんもお疲れ様」

ルカーシュもにこやかにヴィエラの妹エマに挨拶をする。

これだけなら仲の良い義兄妹の姿にほほ笑ましくなるのだけれど……。

「じゃあ、お店入ろうか」

「はい!」

なんと、ルカーシュとエマが近くの個室のあるレストランに入ってしまった。

ふたりの雰囲気を見た限り、一緒にお店に入り慣れている様子。

（約束の相手はエマ？　だとしたら、どうして教えてくれないの？　なんで、わざわざ外で会っているの？）

ふたりが密会している理由が思いつかない。

ルカーシュだけでなく、エマまでヴィエラに秘密にしていたという事実も突き刺さる。

ヴィエラの胸がぎゅっと締め付けられた。

「我々も入りましょう」

諜報員に促され、重い足取りでついていく。

そして有能な諜報員は尾行がバレないようにしつつ、しっかりルカーシュとエマが入った個室の隣を確保してみせた。

「では、これを。よく聞こえるかと」

諜報員が差し出したのはガラスのコップだ。

ヴィエラはそれを受け取ると、ゴクリと息を飲んでから壁にコップを当て、自身の耳を重ねた。

壁の向こう側から、想像以上にハッキリとふたりの会話が聞こえてくる。

「服も含めて、すごく可愛いね。さすがエマさん」

「わぁ！　本当ですか？」

（エマを褒めてる？　確かにエマは抜群に可愛いけれど……）

胸の中がザワザワと波立つ。

「触ったら柔らかそうなところ好きかも。食べたくなる」

「そう思っていただけて嬉しいです、ふふ」

（柔らかくて食べたくなる？　え？　……え⁉）

壁の向こう側から、甘い雰囲気を感じるのは自分だけだろうか。心臓がバクバクと騒ぎだす。

「もっといろんな表情が見たくなってきたよ」

「お義兄様ったら♡　私、また頑張っちゃおうかな」

（なんか駄目ぇぇぇえええ！）

盗み聞きに堪え切れなくなったヴィエラは、諜報員の制止を振り切り隣の個室に飛び込んだ。

「ふたりとも、私に隠れて何しているんですか⁉」

突然のヴィエラの登場に、テーブルを挟んで座っていたルカーシュとエマは大きく目を開く。

そして突入したヴィエラも目を丸くし、ルカーシュの手にあるものを震えながら指さした。

「……ルカ様。それ、私の小さい頃の肖像画では？」

ノートサイズのキャンバスには、五歳頃のヴィエラの姿が描かれているではないか。実家の執務室に飾ってある家族の肖像画にそっくりなので間違いない。

確信して指摘すれば、ルカーシュは開き直った笑みを浮かべて頷いた。

「どうしてですか？」

「ヴィエラは屋敷で俺の幼少期の肖像画を堪能しているだろう？　だから俺も君のが見たいって

頼んだのに、恥ずかしいからと前回ユーベルト領に寄ったときも見せてくれなかったから、内密でエマさんに協力依頼を」

婚約者の執念と行動力がすごい。

「つかぬことをお聞きしますが、先ほどの会話で可愛いと言っていた対象は」

「君の肖像画だな。大きなリボン付きのワンピースがよく似合っていて可愛らしいと」

「柔らかそうで食べたいというのは」

「この子ども独特の丸みのあるほっぺに対してだ。安心してくれ。ヴィエラにしか思わない」

「あっ、はい。ではいろんな表情というのは」

「エマさんに次は違う表情のものも用意してもらおうかと」

やっぱりルカーシュは浮気なんてしていなかった。

ホッと、ヴィエラの肩から力が抜ける。

だが、別の疑問が頭をもたげる。

「エマ、その肖像画はどこで手に入れたの？　実家？」

ルカーシュの手にある肖像画は、ヴィエラひとりが描かれている。

しかし幼少時代に単独で肖像画を描いてもらった記憶はないし、親が内緒で保有していたとも思えない。

先ほどエマは『私、また頑張っちゃおうかな』と言っていたが……。

「私が描いたのよ」

「まさかの自作！」

ヴィエラが五歳のとき、まだエマは生まれていない。元々器用なのは知っているが、想像でここまで本人そっくりの五歳児を描いたというのならすごい腕前だ。

そう感心してエマを褒めそうになるが、ぐっと踏み留まる。

「エマ？　どうしてルカ様に絵を渡していること話してくれなかったの？」

「だってお姉様は恥ずかしいからと、止めに入ると思って」

「分かっているのにどうして――」

「お義兄様に頼られたら全力で応えるのが義妹ってものでしょう？」

「実の姉の希望は!?」

「先に聞いていないから無効よ。それにお姉様の魅力を伝えるチャンスを逃すわけがないじゃない」

お姉ちゃん愛のベクトルの方向がおかしい。

さらに話を聞き出せば、絵の確認だけでなく、エマはヴィエラの幼少期についても情報を流していたようだ。

ルカーシュも、たくさん聞けて良かったと満足そうにしている。

最近出かける頻度が多かったのは、絵画よりも情報に原因があったらしい。

ようやく隠されていた真実が判明したのに、嬉しさや安堵より虚無感が上回りそうだ。

（自分の幼い頃の肖像画が、婚約者と妹の間で裏取引されているって意味が分からない。しかも本人不在で子どもの頃の話で盛り上がるって、どうなの⁉　ふたりとも私のことが好きだってことは分かるけど、喜べない私がおかしいのかな？）

ヴィエラは頭を抱え、自問自答する。

するとルカーシュが立ち上がり、悩めるヴィエラの頭をポンと撫でた。

「驚かせたようだな」

「まったくですよ」

今回に限っては素直に許せるような気分になれない。

ヴィエラは怒りを示すようにほっぺを膨らませ、プイッと顔を横に向けた。

部屋の中にわずかな沈黙が訪れる。

（なんだか気まずい。激怒していると思われちゃった？　あんまりにも悪びれる様子がないから、少しだけ反省してくれれば十分だったんだけれど）

そう心配になって視線だけルカーシュに戻したのだが、想像に反して相手は顔を緩ませていた。

「ルカ様？」

「用意してくれたエマさんには悪いけれど……やっぱり実物が一番可愛いな」

「へっ⁉」

妹も諜報員もいる場所で、ルカーシュ《この男》は何を堂々と言っているのか。

「ふっ、すぐに赤くなった。ふくれっ面からこの顔の変化。絵画では見られないだろう？　たまらなく可愛い」

ルカーシュの言葉に背後で激しく頷くエマの姿もあって、ヴィエラはますます顔を赤くしてプルプルと震えてしまう。

恥ずかしいやら、明らかに面白がられている怒りやら、頭がパンクしそうで言葉も出ない。

そんなヴィエラの手に、ルカーシュが指を絡める。

「ヴィエラ、帰ろうか。ということでエマさん。ヴィエラに付いていた家の人間を置いていくから、好きに食べていって。先に失礼するよ」

「はーい！　ごちそうさまです！」

エマと諜報員をレストランに残し、ヴィエラはルカーシュに手を引かれ外へと出た。

そして、馬車に乗ってからハッとする。

（あぁ！　肖像画の回収を忘れてた！　でもルカ様も気にすることなくレストランに置いてきたし、私にもバレたから……もう裏取引なんてしないよね？　ほ、本物のほうが可愛いって言ってくれたし！）

ヴィエラはそう自分に言い聞かせ、今回の件は水に流すことにした。

ユーベルト領に引っ越すまでの残り二カ月、裏取引がもっと巧妙に隠されて細々と続くことなど知らずに。

あとがき

このたびは『酔っ払い令嬢が英雄と知らず求婚した結果』略して『酔い知ら婚』の二巻をお手に取ってくださり、誠にありがとうございます。牛乳大好きラノベ作家の長月おとです。

一巻で両想いになったヴィエラとルカーシュ。これは糖度を上げていかなければ！という使命感を抱きながら二巻の改稿に挑みました。

担当様から「ここ、もっとラブやっちゃってください！」と助言をいただけたこともあって、WEB版から二万字ほど加筆したパワーアップ版ができたと思います。もちろん、お酒のシーンも増量。

今回おすすめするのは、ヴィエラとルカーシュのラブラブ飲み会にも出したクルミのキャラメルタルト。

こちらはクルミ入りヌガーをクッキー生地で包み込んで焼き上げたスイスの伝統菓子『エンガーディナー』をモデルにしています。口が甘くなったタイミングで、ウイスキーのほろ苦さで締める。そして苦くなった口を、次は甘いエンガーディナーが和らげる。罪深いループがはじまります。よろしかったらお試しくださいませ！

ささて、一巻のあとがきに記しましたが、本作は〝イケメンの大失恋を摂取したい〟という動機で書かれたものであり、ある意味クレメントが主人公のお話でした。

実は初期のプロットでは、ルカーシュにヴィエラを横取りされたクレメントが恋を更に拗らせ闇落ちするというストーリー。事件の内容は違いますが、ヴィエラの誘拐犯はクレメントという……なんとドロドロ展開だったのです！　まさに異世界の昼ドラ！

しかしプロットを練っていたところ、私はあくまでも大失恋で生まれる〝甘酸っぱさ〟を摂取したい。つまりクレメントの「ヴィエラ先輩、どうかお幸せに（涙）」が見たいのだと気付いて大幅修正となりました。

そして最終的に第四稿プロットでＷＥＢに投稿開始。実際に書き終わったときは爽やかさが残る達成感が心地よく、クレメントを闇落ちさせなくて本当に良かった……！と何度も思いました。

読後に、少しでも「クレメント、良い男に成長したな」と皆様にも思っていただけていたら嬉しいです……と、ヴィエラとルカーシュそっちのけで語ってしまいましたが、今回も中條先生は神でした。

ルカーシュの片思いたっぷりの一巻表紙に対し、ヴィエラからも愛情が伝わる二巻表紙。ヴィエラに素直に甘えるルカーシュの幸せそうな顔よ！　デレデレじゃないか可愛いなもうっ！

そして空からふたりを見守るアルベルティナの圧倒的な保護者オーラ。ふたりよりも年下の女の子なのに安心感がすごい。最高のギャップです♡

このように表紙をはじめ挿絵においても、二巻を最大限に表現したイラストを描いてくださった中條先生には感謝しかありません……！

そして、このたび『酔い知ら婚』が漫画でも読めることになりました！　ヴィエラとルカーシュがお酒を飲んで、酔って、イチャイチャする光景がたっぷり拝めるのです！　ブラボー！　皆様にお届けできるよう関係者の皆様と協力し励んで参りますので、続報をお待ちいただければ幸いです。

最後になりますが、ＷＥＢや一巻から引き続き応援してくださった読者様をはじめ、砂糖投入を援護してくださった担当編集様、今回も美麗イラストでお力添えをくださった中條先生、本の刊行に携わってくださった皆様に心より感謝申し上げます。

またお会いできることを祈りまして。

長月おと

コミカライズ
企画進行中！
酔っ払い令嬢が英雄と知らず
求婚した結果
～最強の神獣騎士から溺愛が
はじまりました!?～
漫画
オオトリ
原作
長月おと
キャラクター原案
中條由良
続報はPASH UP!や公式Xにてお知らせいたします。
PASH UP!
https://pash-up.jp/
PASH!コミックス
公式X
@pashcomics
PASH!ブックス＆
文庫公式X
@pashbooks

好評発売中！
毎月
第1金曜日
発売☆
「この肉、癒やされる」……ってどういうこと!?
寒がり皇帝陛下とやわらか宮女候補が
溶け合う中華風ラブファンタジー♡
皇帝陛下のあたため係
著：森 湖春　イラスト：Matsuki
PASH UP!
URL https://pash-up.jp/
X @pash_ _up

PASH!ブックス
「ここで愛を囁けばロマンティックなのだろうが、俺は貴女をスカウトしに来た」
恋に疎い学者肌令嬢×策士でウブな不器用上司の
ピュアがくすぶる♡研究室《ラボ》・ロマンス
虐げられた秀才令嬢と隣国の腹黒
研究者様の甘やかな薬草実験室
著：琴乃葉　イラスト：さんど
PASH!《パッシュ》 BOOKS《ブックス》
URL https://pashbooks.jp/
X @pashbooks

好評発売中！
毎月
第1金曜日
発売☆
必ず2回読みたくなる
かけがえのない365日の恋物語
秘密を抱える超ド級ポジティブメイド×
素直になれない塩対応公爵
「好きです」と伝え続けた私の365日
著：沢野いずみ　イラスト：藤村ゆかこ
PASH UP!
URL https://pash-up.jp/
X @pash__up

PASH! ブックス
「エレアより魅力的な女性を僕は知らない」
愛を知らずに育った少女を幸せに導く
癒しのハートフルラブ♡
婚約者に浮気された直後、
過保護な義兄に「僕と結婚しよう」
と言われました。
著：結生まひろ　イラスト：月戸
PASH! BOOKS《パッシュブックス》
URL https://pashbooks.jp/
X @pashbooks

この本を読んでのご意見・ご感想・ファンレターをお待ちしております。
<宛先>〒104-8357　東京都中央区京橋 3-5-7
　　　（株）主婦と生活社　PASH! ブックス編集部
　　　「長月おと先生」係
※本書は「小説家になろう」（https://syosetu.com）に掲載されていたものを、改稿のうえ書籍化したものです。
※この作品はフィクションであり、実在の人物・団体・法律・事件などとは一切関係ありません。

PASH! ブックス

酔っ払い令嬢が英雄と知らず求婚した結果 2

2024年5月12日　1刷発行

著　者　長月おと
イラスト　中條由良
編集人　山口純平
発行人　殿塚郁夫
発行所　株式会社主婦と生活社
〒104-8357　東京都中央区京橋 3-5-7
03-3563-5315（編集）
03-3563-5121（販売）
03-3563-5125（生産）
ホームページ　https://www.shufu.co.jp
製版所　株式会社明昌堂
印刷所　大日本印刷株式会社
製本所　共同製本株式会社
デザイン　小菅ひとみ（CoCo.Design）
編集　上元いづみ